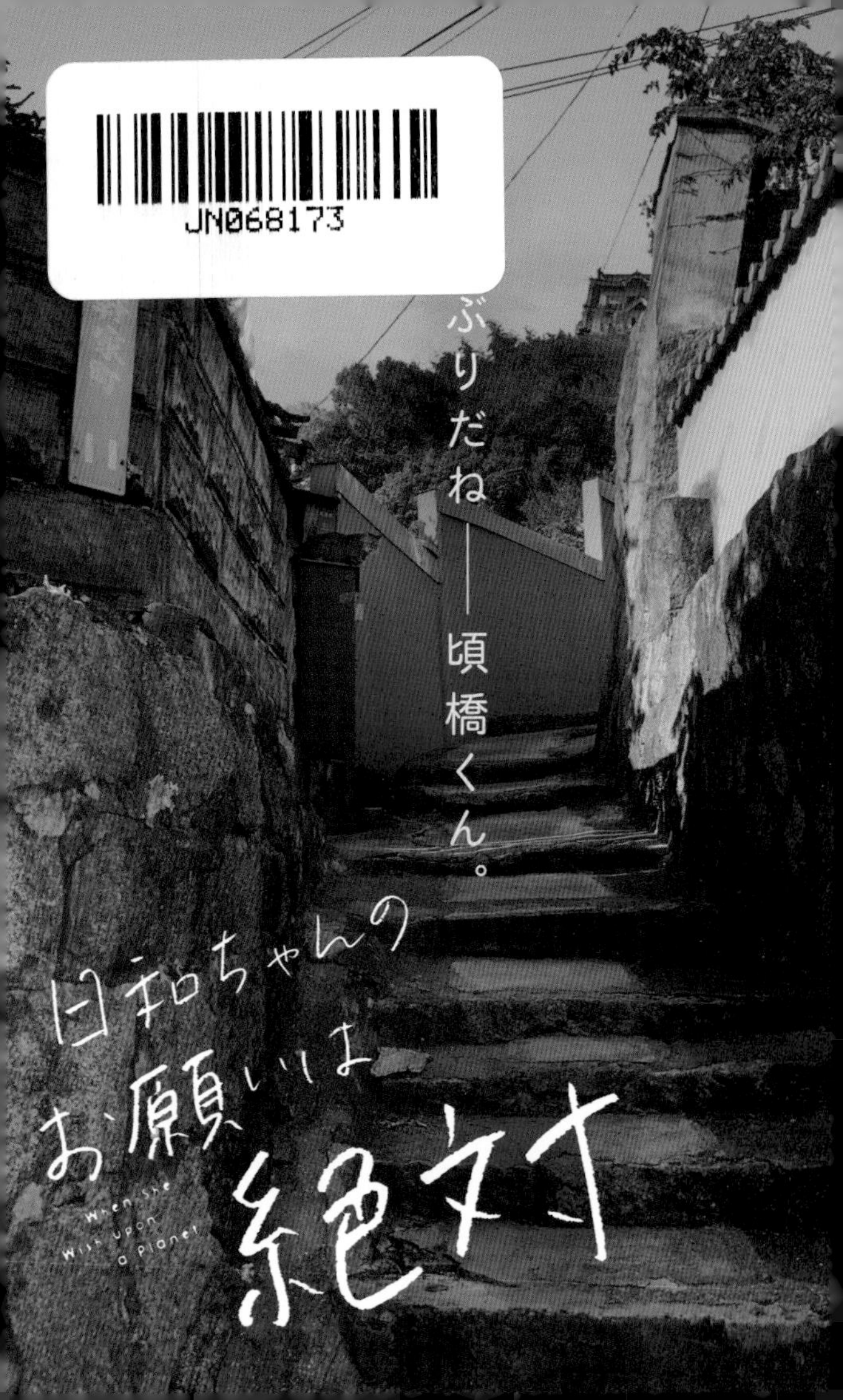
ぶりだね——頃橋くん。
日和ちゃんのお願いは絶対
When she Wish upon a planet

――日和と別れてから。
彼女が〈天命評議会〉に戻ってから、
四ヶ月が経っていた。
あれから世界は大きく変わった。

――彼女とは、一度も会っていない。

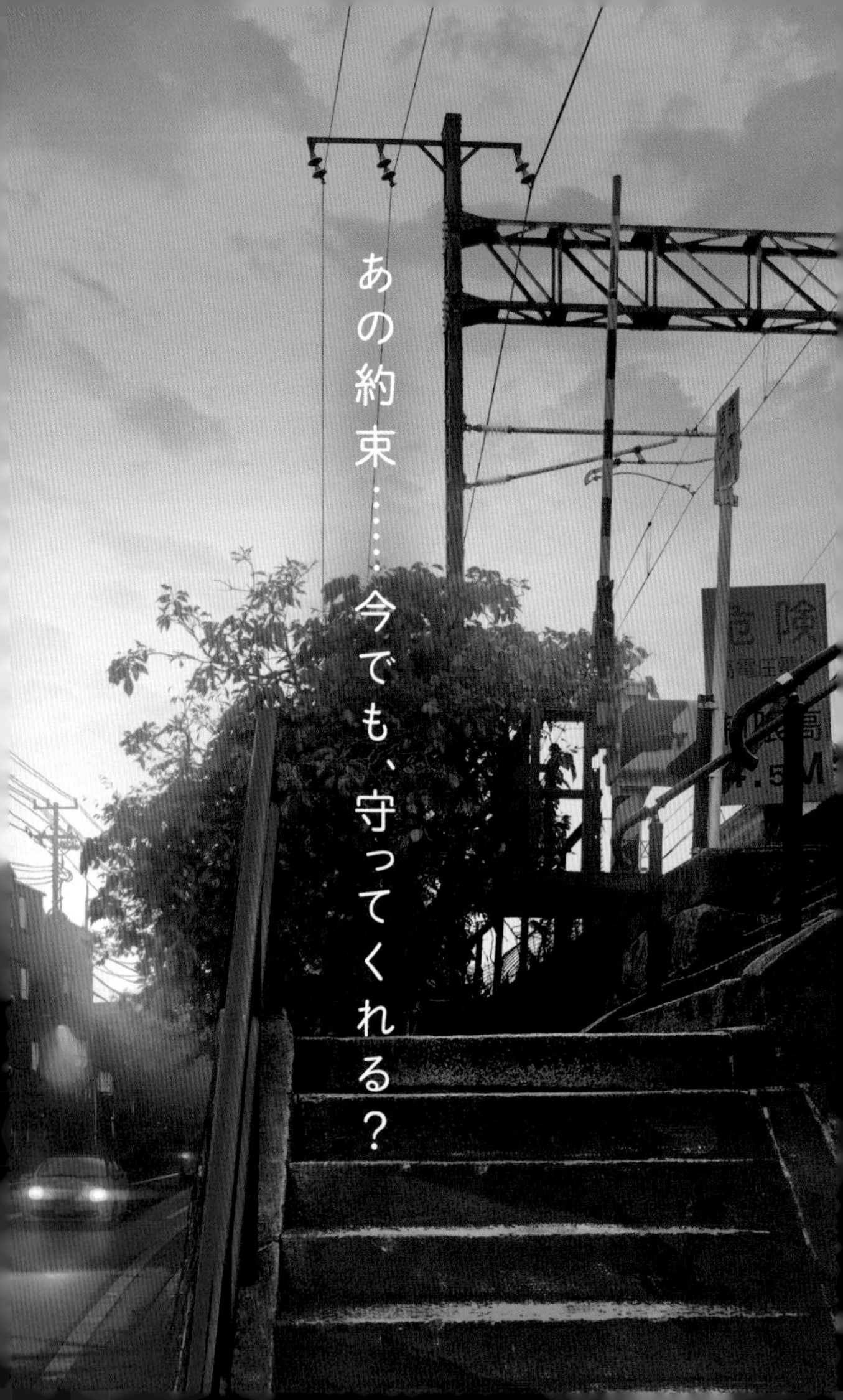
あの約束……今でも、守ってくれる？
危険

日和ちゃんのお願いは絶対4
When She Wish Upon
a Planet
岬 鷺宮
堀泉インコ

プロローグ

「──というわけで……えー」

緊張で舌を絡《から》ませながら、俺は視線を前に向ける。

そこにずらっと並んでいる、総勢三十数人の子供たち。

表情は十人十色で、その自由さには各々《おのおの》の個性を感じる気がして──。

「今日から、みんなに算数を教えることになりました、頃橋深春《ころはしみはる》といいます……。土堂《つちどう》高校に通ってて、この春から三年生になりました……」

なんとかそう続けながら、俺は感慨《かんがい》を覚えていた。

俺は今──教壇に立っている。

いつもは自分の席から見ている黒板の、その前に立っているんだ──。

……教師って、毎日こんな光景を見てるのか。

あの人ら……毎日何時間も、こんな状況で授業してるのか……。

「……こうして、先生をするのは初めてなんですが」

ごくりと息を飲み込み、俺はそう言葉を続ける。

「できる限り、頑張《がんば》りたいと……思ってます……」

──俺がいるのは、高校のすぐそばにある三軒家《さんげんや》小学校。二年一組の教室だった。

春、新学年。

今日から始まった、教員不足をカバーするための『高校生教員』制度。

その『臨時教師』として、俺は今ここに立っている。

けれど、なんかもう……心臓バクバクいってるんだけど……。

手汗とか、ノートびしょびしょになりそうなくらい出てくるんだけど……。

こんな状態で、マジで算数教えられるのか？

ちゃんとみんなに、わかりやすく九九とか説明できるのか……？

学ランの詰《つ》め襟《えり》に指を入れ、一度深く息をしてから教室の中を見回した。

高校のものより一回りほど小さい机と椅子。優しい色合いの内装に、ひらがな多めの掲示物たち。俺も六年ほど前まで通っていたのに、懐《なつ》かしさよりも新鮮さを感じるその空間。

そして――椅子に腰掛け、こちらを見ている子供たち。

……その姿は、俺自身が小学生だったときとは大きく違う。

新しい服が手に入らないせいか、お下がりらしい年季の入った古着を着ている子供が多い。髪も伸びっぱなし、あるいは両親に切ってもらったのか、不揃《ふぞろ》いな毛先の子がほとんどだった。

それから、皆の机の上に乗った教科書。新しい教科書が入荷しなかったこともあって、彼らは皆去年の二年生が使っていたものを譲り受けたそうだ。実際、表紙にしわが入っていたり小さく破れていたりかすれていたり、一目で古本であることが見て取れる。

そんな風に――全ての面で。

彼らを取り巻くものは、世の中の変化の煽《あお》りを――ウイルスや災害や紛争など、様々な出来事の影響を大きく受けている。

それでも、

「――ねーねー！　頃橋先生さ！」

ふいに――生徒の中から声が上がった。

手を挙げているのは、元気の良さそうな短髪の男子。

席順表で見ると、中村蓮《なかむられん》くん。

「小学校はどこ通ってたの!?　ここ!?」

「あ、ああ……」

無邪気なその問いに、俺はぎくしゃくとうなずく。

「うん、そうだよ。家もこの辺だから、この三軒家小学校の卒業生です……」

「――あ！　じゃあさ！」

続いて質問が上がる。手を挙げているのは、兼良凛《かねよしりん》ちゃん。

「三年生教えてる卜部《うらべ》先生と付き合ってる、って噂《うわさ》はほんと!?」

「……え!?」

大声を上げてしまった。同世代だったらありえない、踏み込んだ質問だ。

けれど……その不躾《ぶしつけ》さは、凛ちゃんの屈託《くったく》のなさの証明にも思えて。

なんだか、自然と肩の力も抜けて、

「……付き合っては、ないですよ」

笑みが浮かぶのを自覚しながら、俺はそう答える。

「幼なじみなんで、家族ぐるみで仲は良くしてますけどね」

「え〜じゃあさ」

と、また別の女子が声を上げた。亀山向日葵《かめやまひまわり》ちゃん。

「誰か他の人と付き合ってる？　頃橋先生、彼女いないのー？」

「いやあ……いないね」

今度は少し苦い気分で、彼女に笑い返す。

「今は別に、誰とも付き合ってないよ……」

「じゃあ、ちょっと前は誰かと付き合ってた？」

「うん、去年のクリスマスまで」

一瞬、どう答えるかためらったけれど。

臨時教師として、どう言うのが正解なのかわからないけれど……まあいいや。どうせ俺に、うまく取り繕《つくろ》うことなんてできやしない。取り繕いたいとも思わない。

なら、素直に答えるだけ。

「でもなー、振られちゃって。何がいけなかったんだろうなー。大事にしてたつもりだったんだけどね」

言いながら頭を掻《か》くと——教室がわっと沸《わ》き上《あ》がった。

大笑いしている生徒、うれしそうにひそひそ話している女子のグループ。

ぽかんとこちらを見ている子もいれば、ぼんやり窓の外を見ている子もいる。

——そんな無邪気さは、変わらないようだった。

子供たちの幼さと、屈託のなさ。それは、世界がこんな風になっても変わらない——。

「……話が逸《そ》れたね」

一度咳払《せきばら》いすると、俺は改めて生徒たちの方を向く。

大きく息を吸い込んで、朗《ほが》らかな笑顔を作ってみせる。

「ということで……今日から僕が算数を教えます。慣れてないから、ちょっとわかりにくかったりするかもしれないけれど……精一杯《せいいっぱい》頑張ります。だからみんなも、一緒に頑張っていこう」

——自分にできることをしよう。

心の中で、俺は決意を新たにする。

もう、これまでのような生活は戻ってこない。

変わったままで続いていくし、今ある社会の中で俺たちは生きていかなければいけない。

だとしたら——きっと、俺にも責任がある。

やるべきこと、やらなければいけないことがある。

その役割を、果たしていきたいと俺は思う。

「これから……よろしくお願いします」

そう言って、頭を下げると、

「──よろしくお願いします！」

と、全員が声を揃《そろ》えて無邪気にそう返してくれた。

その響きが、埃《ほこり》にまみれていないその声が──自分に何か、力をくれるような気がした。

大変な生活の中ですり切れてしまったものを、生まれ変わらせてくれた気がした。


──日和《ひより》と別れてから。

彼女が【天命評議会《てんめいひょうぎかい》】に戻ってから、四ヶ月が経《た》っていた。

あれから世界は大きく変わった。


──彼女とは、一度も会っていない。

第1話 ―― 午後の授業

「――いやあ……本当に大変だった……」

放課後――小学校の方ではなく、俺たちが生徒として通っている高校の放課後。

大橋《おおはし》、橋本《はしもと》、俺という三本橋で集まると、俺は早速臨時教師の感想を、ため息交じりに吐き出した。

「めちゃくちゃ元気だな小学生……。質問攻めにされたし、休み時間には身体《からだ》よじ登られたりしたし……一日分の体力、使い果たしたわ……」

――すさまじかった。

小学二年生の体力は、本当にすさまじかった。

授業中も頻繁《ひんぱん》に質問が上がり、思ったように話が先に進まない。

しかもその内容も、教えている算数のこともあれば俺個人のこと、トイレに行っていいかだとか誰かが叩《たた》いただとかそういうことにまで及んだ。もう完全に、収拾がつかなくなっていた。

とはいえなんとか授業を終え、高校に戻ろうとすると――「遊ぼう！」と生徒たちに引き留められ、遊具代わりに使われた。よじ登られたり二、三人だっこやおんぶをさせられたり、追いかけっこしたり……。

……小学校の先生って、毎日こんなの繰り返しているんだろうか。

すごすぎだろ……こんなにハードなのかよ教師の仕事……。

割としっかり準備はしていったつもりだったし、教科書も読み込んでいった。

けど、そんなところに大変さがあったなんてな……。

勉強教えるだけじゃなく、子供の相手もできなきゃいけないのか……。

「おーお疲れ！」

「ちょっとげっそりしてるね、頃橋《ころはし》……」

明るい笑顔の大橋と、気遣《きづか》わしげな橋本。

そう言う二人は、俺が臨時教師をやっている間、がれきの撤去作業に行っていた。去年の秋頃を皮切りにして、この尾道《おのみち》で何度か起きた土砂崩れ。その後片付けの作業だ。

彼らの服にも土砂の汚れがついているし、汗で髪も乱れている。

「……そっちも、結構大変だったんじゃねーの？　がっつり肉体労働だろ？」

尋ねると、二人は苦笑しつつも首を振り、

「大変だけど……まあ、安全で楽な方の作業、振ってもらってたからな」

「できたのは、お手伝い程度だよね。重機とか乗れるわけじゃないし……。いつかそういうのも、できるようになりたいなあ……」

――現在俺たちの通う高校では、午後は地域のために作業をする時間になっていた。

教師不足の昨今、授業がままならないのは小学校も高校も同じだ。給与が少なくなったことや交通の便が大きく悪化したこと、感染症からの疎開《そかい》を理由に、多くの先生が学校を去ってしまった。結果、午前中こそこれまで通りの授業が行われているけれど、午後は自習となることがほとんどだった。

そこで始まったのが——地域作業の時間だ。

経済がストップし流通も止まり、現在尾道《おのみち》の町はほとんど自給自足で回っている。結果、至るところで慢性的な労働力不足が発生。そこに、俺たち地元の高校生が作業要員として加わることになった。

主な作業は荷物運びや農業、漁業の手伝いなどの肉体労働。

他にも役所の事務作業や俺たちのような臨時教師など、様々な仕事がある。

俺は普段の成績が良好なこと、卜部《うらべ》は凜太《りんた》が小学校で児童会長になったこともあり、臨時教師の役を仰《おお》せつかることになったのだった。

……ちなみに、俺は今年一応受験生。

本来なら人に何かを教えている時期じゃないのかもしれないけれど、もはや国内に機能している大学があるのかも怪しい状況だ。

不安はある。この先どうなるんだろうとも思う。

けれど、まずはこうして目の前の生活を回していくことを考えなくちゃいけない。

「つーかやっぱ、子供の無邪気さやべぇよ」

引き続き、俺は小学校教師の大変さを語る。

「パンチとかマジで痛えの。あいつら手加減しないからさー」

「あー、俺も確かに、ガキの頃先生にキックとかしてたわ……」

「いたねー、そういう子。あれやっぱり、先生側としてはキツいもんなんだね……」

「普通に痛え。ていうか、卜部とか大丈夫だったんかな？」

ふいに、そんなことが気にかかった。

「あいつ、殴られたらマジギレしそうだけど。揉《も》めたりしなかったんだろうか……」

そういういじり方、基本的にされないタイプだからな、卜部。

いざ子供たちに乱雑に扱《あつか》われたら、マジでキレちゃうんじゃないか……？

けれど、

「──いや、別に殴《なぐ》られなかったよ」

背後で、そんな声が上がった。

振り返ると案の定──卜部、天童《てんどう》さん、梶《かじ》くんの三人がいる。

「みんな授業もちゃんと聴いてくれたし、めちゃくちゃにもされなかった」

「へえ、そうだったんだ……」

どうやら、こちらの話も聞こえていたらしい。

そして少なくとも、生徒にマジギレとかそういうことになっていなかったことに、俺はほっとする。万が一やらかしてたら、俺もろとも臨時教師制度が終了になっていたかもしれない。

ただ、

「……ていうか、マジ？」

信じられなかった。

「あいつら、卜部の前では大人《おとな》しいの……？」

……そんなことありえるか？

俺に対してはあんなに大暴れしといて、卜部には優しいとかありえる？

でも……考えてみれば、卜部の教室から騒ぎの気配はしなかったかも。

卜部のいた三年生と俺のいた二年生の教室は隣同士だった。そちらから騒ぐような声も聞こえなかったし、ただただ授業をする卜部の声が聞こえていた。

それに、小学校から高校への帰り道。卜部と一緒に歩いてきたけれど、彼女に特に疲れた様子もなかった……。

「うん、大人しかったよ。ちゃんと授業も聞いてくれたし、みんな良い子だった」

「……やっぱ三年生になると、ちょっと大人なのかな？」

となると、そんな仮説が頭に浮かぶ。

「二年生はまだまだわんぱくだけど……三年生になると、ちょっと思春期っぽくなるとか
……」

……いやでも、たった一年でそんな変わるか？

まあそりゃ、クラスごとに特性もあるのかもしれんけど……そんなに差がつくことあるか？

でも、他に原因も思い付かないしな……。

なんて、一人納得のいく理由を探していると──、

「──いやいや！　それ頃橋が舐《な》められてるだけでしょ！」

天童さんが──このメンツ内で最も陽気な彼女が、底抜けに明るい声でカットインした。

「子供に舐められて、遊ばれてるだけでしょ！　あははははは！」

「……え⁉　な、舐められてる⁉」

──予想外の指摘だった。

遊ばれてる？　そんな可能性、考えてもいなかった……。

「え、でも今日初日だったのに……最初から舐められることある⁉」

「あるよー。だってさー、想像してみてよ」

愕然《がくぜん》とする俺に、指を立て歌うように天童さんは言う。

「絵莉《えり》はさー、制服着て教壇に立ってたら、なんかかっこいいでしょ？　仕事できそうだし、なんか静かに話聞かなきゃって気になるでしょ？」

「あ、ああ……そうかもな」

言われてみれば、そうかもしれない。

確かに女教師卜部、ちょっと仕事できそうかも。教壇が似合うというか。

「で、それに引き換え頃橋だよ！」

そして——天童さんは無邪気に俺にとどめを刺す。

「威厳とかゼロじゃん！　なんかキョドりそうだし、舐められるに決まってるって！」

「……威厳、ゼロ……？」

そ、そう……なのか……？　俺、威厳ないのか……？

クール系だと、自分では思っていたんだけど……。

舐められるに決まってる……？

「わたしも、頃橋が臨時教師で来たらジャングルジム代わりにするわ！　あははははは！」

「……マジか」

「ま、まあ、頃橋くんは子供に懐《なつ》かれそうだよな！」

愕然《がくぜん》とする俺に、梶くんが慌て気味にフォローを入れてくれる。

「愛されお兄さんみたいな感じでさ。俺も小学生のとき、若い男の先生大好きだったし……。だからまあ、気にするなよ頃橋くん！」

「……か、梶くん！」

なんだか泣きそうになりながら、梶くんの方を見た。

「だよな！　舐められてるんじゃなくて、愛されてるんだよな！　俺……！」

「そうそう、子供って好きな人に乱暴しちゃったりするしさ。だから多分、大丈夫だよ！」

……最初の頃は、卜部との関係もあって敵対的だったけれど。

今だって、二人で臨時教師をしていることもあって梶くんとしては心穏やかではないだろうけれど……。それでも、最近彼は周囲にバランス感覚のある配慮を見せてくれる。

……うう、マジでうれしい。梶くん、本当に良《い》いやつだ。

なんで卜部、こんなナイスガイを拒否り続けてるんだよ。

付き合ってやれよ……きっと幸せにしてくれるぞ……。

——こんな風に。

最近は、三本橋と卜部、天童、梶の六人で一緒にいることが増えていた。

放課後は教室でたむろして談笑し、休みの日に誰かの家に集まることもたまにある。

まあ、忙しくなったせいや電力供給が不安定なこともあって、以前のように頻繁にゲーム大会、というわけにはいかないけれど。

ちなみに、午後の作業。梶くんは大橋、橋本と一緒にがれきの片付けを。天童さんは、老人ホームの手伝いを担当している。

特に天童さんは入居している高齢の方々に好かれ、本人もやりがいを感じているらしい。放課後も個人的にホームを訪れ、手伝いをしたり入居者と交流したりしているようだった。

「……ふう」

六人が集まり、一層盛り上がり始めた会話の最中。

俺はふと息をつき教室内に目をやった。

三十人ほどが所属し、今も十数人の生徒が残っている教室。

それぞれに地域作業の感想を言い合っている、俺のクラスメイトたち。

以前は二クラスあったこの学校だけど、登校する生徒が減りクラスは一つに統合された。

俺も仲の良かった友人何人かが来なくなり、知り合いも数人ウイルス感染や災害に巻き込まれて命を落とした。

日和《ひより》と別れてから四ヶ月で、たくさんのことがあったのだ。もはや生活に以前の面影《おもかげ》は残っていないし、俺たちだって、良くも悪くもそんな日々に順応しつつある──。

──そんな中。

この六人が、今も揃《そろ》って学校に来られているのは、紛れもない幸運だ。この状況下で、本当に得がたい幸運だと言っていい。

刑部《おさかべ》さんが欠けてしまったことは、今も俺たちの間に影を落としているけれど。

彼女の強気な笑顔が見れないことに、今も寂しさも覚えるけれど……それでも。いや、だからこそ、俺はこの六人でいられる時間を、大切にしたいと思っている。

かけがえのない日々を、噛《か》みしめるように味わいたいと思う。

それから、

「……」

俺は自然と──もう一人、ここからいなくなってしまった女の子のことを思う。

二年生の頃には、俺の隣に席があった。

そして今は——席自体が用意されていない、彼女のことを。

——結局俺は、彼女の記憶を。

頭に焼き付いたその横顔を、うまく忘れられないでいる。

＊

「——あの辺のがれき、大分綺麗《きれい》になってきたねー」

帰り道。

卜部と一緒に坂道を下っていると、遠くを見ていた卜部がふいに立ち止まった。

「デカい岩とかほぼなくなったし。皆頑張ってくれてんだなー」

「……おーほんとだ」

答えながら、俺も福山市《ふくやまし》方面の斜面に目をやる。

「大橋と橋本も、今日は大分作業進んだって言ってたよ。この分だと、思ったより早く片付くかもなあ……」

彼女の言う通り。つい先日まで建物の残骸《ざんがい》や岩が覗《のぞ》いていた地滑《じすべ》りの跡地は、ここ数日でずいぶんと片付けが進んだようだった。

最近も、尾道市《おのみちし》では新たな土砂崩《どしゃくず》れが何度か起きている。幸い、周囲に住んでいた人々はほとんど避難済みだったため被害は最小限。今のところ、俺の家がある辺りに土砂崩れが発生する可能性もないだろう、と言われている。

けれど、ないだろうと言われたことが立て続けに起きたこの一年だ。

いつその前提が崩れるかもわからないし、山沿いに住んでいる家庭にはそれぞれ緊張感も漂っていて、うちの両親も、どこか近くの平野部の空き家に移住できないかと考えているようだった。

「片付いたら、再開発とかするのかな」

「やーどうだろな。耕作地とかに、なるのかもしれないけどな」

言い合いながら、もう一度自宅に向けて歩き出す。

——日和と別れて以来。

彼女が【天命評議会《てんめいひょうぎかい》】に戻って以来。以前のように、卜部と一緒に登下校する習慣が戻っていた。

こちらから「また二人で帰ろう」と提案したときには、「……日和は？」と聞かれた。俺たちが毎日一緒に帰っていたことは卜部も知っている。突然の提案を不審に思ったんだろう。

けれど、「振られた」とだけ短く答えると、卜部も短く「そっか」と返すだけだった。それ以上、特に踏み込んでくることもなかった。

今も彼女が、俺と日和の破局の件をどう思っているのかはよくわからない。気を遣って触れないようにしてくれたのかもしれないし、こちらが思っているほどはその関係に興味がなかったのかもしれない。

どちらにせよ、根掘り葉掘り聞かれないのはありがたかった。

当時の俺には、そういう問いに答えられる気持ちの余裕はなかった。今もきっと、うまく説明はできないだろうと思う。

「……またスマホ見てる」

そろそろ自宅近く、というところで卜部にそう指摘された。

「抜けないねー、その癖。もうニュースなんて、ずっと更新されてないのに」

「……やー、ほんとだな」

画面には、卜部の言う通り数ヶ月前で更新の止まったサイトが表示されていた。

頭を掻《か》き、俺はスマホをポケットに戻す。

「完全に無意識だったわ。癖って抜けないなー」

——新たなニュースが完全に途絶えたのは、二ヶ月ほど前だっただろうか。

テレビはNHK、民放、地方局の順に放送が止まり、ネットのニュース系サイトの更新も完全にストップしてしまった。

そうなると、入ってくるのは人づてに伝わった真偽不明の情報ばかり。

例えば——海外では、人がほとんど死に絶えた地域があるとか。いやいや日本でもそういう地域があるんだ、とか。とてつもない災害が起きようとしている、とか、いやいやすでに発生したんだ、とか。

国際的な政治組織はほぼ壊滅《かいめつ》していて、とあるグループが世界全体の命運を握りつつある、とか。いやいやすでに、世界規模で活躍しているのはその組織だけで——リーダーである女性が。若い日本人だと噂《うわさ》されるそのリーダーが、世の中の全てを動かしている、のだとか。

聞こえるのはそんな——現実味のない話ばかりだった。

今となっては、何が本当なのかわからない。

全てが事実であっても、逆に全てがデマであっても、もはや驚くこともできない。

だから俺は——考えないようにし始めていた。

世界で何が起きているのか、実際どういうことがこの地球で進行しているのか。そういう思考に、フタをして毎日を生きている。

ただ——変化は世界だけでなく、身近にも起きていて。

この尾道《おのみち》でも、俺の生活にも本当に大きな変化があって、

「……まあ、癖が抜けないのはわかるけどね」

隣の卜部が——『卜部家』の前を通りながら。

つい数ヶ月前まで暮らしていた家の前を素通りしながら、切なげに目を細める。

そして――、

「わたしも未《いま》だに――前の家に帰りそうになっちゃうしね」

酷《ひど》く苦しそうな口調で、ひとりごとのようにそうこぼしたのだった。


――三ヶ月ほど前、卜部の両親が亡《な》くなった。

ウイルスに感染して病院に隔離され、卜部と凜太がきちんと見舞いもできないまま、あっという間に命を落としてしまった。死に目に会うことさえできなかった。

あのときの二人の憔悴《しょうすい》は、思い出したくもない。

親を失った子供がどんな顔をするのか。どんな風に取り乱し、どんな風に絶望するのか。それを俺は、最悪の形で知ることになってしまった。

残された卜部と凜太は、親戚の家に引っ越すか施設で暮らすかを選ばなければならなくなった。どちらにせよ、今の家を出て遠い街に行かなければならない。もはや自分たちの意思を失いつつあった二人は、なされるがままで自分の希望を口にすることもなかった。

そこで立ち上がったのが――俺の両親だった。

父さんと母さんは、以前から卜部の両親の親友だった。

二人は彼らの死を酷《ひど》く嘆いたあと「絵莉ちゃんと凜太くんを引き取りたい」と主張した。

「施設に行くのも良《い》い。親戚の家に行くのも悪くない。けれど、二人はこの街で暮らし続けるのがいいんじゃないか。大好きだった家の近くで暮らすべきなんじゃないか。だとしたら、狭い家だけれど、我が家の部屋を是非使ってもらいたい」と。

両親がそんな風に主張するところを初めて見た。二人は涙を流しながら、卜部と凛太を前に説得をした。

もちろん、俺もそれに加勢した。二人がいなくなるなんて、耐えられる気がしなかった。

不便なことも辛《つら》いこともあるだろうけど、是非頼って欲しいと二人に伝えた。

結果——、

「ただいまー」

「ただいま……」

——俺に続いて、我が家に足を踏み入れる卜部。

卜部絵莉と卜部凛太。二人は今——頃橋家で暮らしている。

姉は母親と同じ部屋で、凛太は俺と同じ部屋で。不思議な共同生活を送っている。

五人で暮らすにはあまりに小さい家だけれど、今のところなんとか生活は成り立っていて、あのとき、両親が二人を引き取る提案してくれたことに、今も俺は深く感謝をしている。

＊

「——なんか深春《みはる》、評判だったよ」

夕食後。

部屋で凜太と本を読んでいると、ぽろっと彼はそんなことを言った。

「姉ちゃんと深春の授業が終わったあと、二年生と三年生に感想聞きにいったんだけど、うん。みんなすげえ、深春のこと気に入ったみたいだった」

卜部によく似たルックス。彼女の年齢を少し下げ、男らしくした印象の凜太。

畳に腰掛け壁により掛かり村上春樹《むらかみはるき》を読んでいる彼は、ここ四ヶ月で大分《だいぶ》大人びた。

以前は強かった『子供感』はなりをひそめ、急に背が伸び声も低くなった。今読んでいる本だって、背伸びではなく本当に興味があって読んでいるらしい。

きっとそれは、両親のことや、児童会長に就任したことも大きいんだろうと思う。身体《からだ》だけでなく、彼は精神面でも成長した。成長せざるをえなかった。

だからこんな風に報告してくれる彼は、俺にとって『頼りになる義理の弟』という感覚の間柄になっている。

「……おお、マジか」

読んでいた伊坂幸太郎《いさかこうたろう》から目を離さないまま、冷静を装《よそお》って俺は答えた。

「よかったわ、嫌《きら》われてないなら……」

いや、天童さんの発言以来結構気になってたんだよな。

実際のところ、どう思われてるのか……。舐められてる説はまだ消えないけれど、うん。少なくとも嫌われていないなら、それはそれでよかったなと思う。

なんとか、今後も臨時教員をやっていけそうだ。

「まあ、姉ちゃんが若干《じやつかん》怖がられてる感があるんだけど」

凛太はそんな風に、言葉を続ける。

「深春はその真逆って感じだね。まあ、これからもよろしく頼むよ。二年生の算数って、そのあと全部に関わる大事なとこだから」

「……だよなあ、頑張るわ。にしても、しっかり児童会長やってるな、凛太も……」

「そりゃやるでしょ。みんなが選んでくれたんだから」

「……そっか」

なんだか妙に照れくさい気分で頬《ほお》を掻《か》くと、俺は改めて凛太に感心してしまう。

凛太は今年、六年生になったばかり。年齢的には十一歳で、俺とは六歳も開きがある。

なのに、こんな風に周囲に気を遣えるなんて。年下の子供たちの様子まで気にかけられるなんて、本当によくできたやつだ。同じ年の頃の俺には、そんなこと絶対できなかったなあ……。

――開け放った窓から、冷たい風が吹き込んできた。

四月にしては、ずいぶんと気温は低い。

夏のように暑かった冬頃が嘘《うそ》だったように、暖かくなるはずの昨今も酷《ひど》く冷える日が続いている。それでもこうして窓を開けてしまうのは、やはりウイルスが猛威を振るっていた時期の恐怖が、未《いま》だに消えていないからだ。

――ひと月ほど前、国内の流通が完全に破綻《はたん》した。

情報も物資も新たに入ってくることがなくなり、尾道《おのみち》の町は完全な自給自足を強いられることになった。

時を同じくして――新型ウイルスの新規感染者が激減を始めた。

もともとその猛威を比較的かわすことができていた尾道市《おのみちし》なのだけど、感染者数、重傷者数、死者数の全てが大きく減り、二週間ほど前についにゼロになった。

本来、喜ぶべきことなんだろう。

以前のような社会が近づいた証拠として、皆で祝うべきことなのだろう。

けれど、むしろこれは、『最悪の理由』でウイルス禍《か》が終了した、としか考えられなかった。

つまり――人がいなくなった。

ウイルスの媒介《ばいかい》となる人間が、尾道《おのみち》の周辺からいなくなってしまったのではないか。

それほどに、世の中は大きく壊れつつあるんじゃないか――。

「――ねえ深春、漫画貸してー」

ノックをすることもないまま、卜部が部屋のふすまを開けた。

「あっちの部屋にあるの、全部読み切っちゃった」

「……おう、何がいい？」

そしてそのことに、特に俺も怒ったりはせず本棚に向かい、

「こないだのやつの続きにする？」

「あーうん、それでお願い」

「おけ。ちょっと待ってな」

なんて言い合って、本棚を漁《あさ》り始めた。

――もはや、普通の家族のようになっている卜部姉弟。

ここに彼らがいるのが、当たり前になってしまった光景。

けれどふと――求められた漫画を手に取って、俺は思う。

この漫画、青年誌に掲載されていた恋愛漫画は、日和にお勧めされて読み始めたものだった。

彼女が「すごく泣ける」と言っていて、俺も読んでみたところ本当に面白くて、すぐに全巻集めてしまった完結済み名作漫画。

……もし、日和が現状を知ったら。

俺と卜部が暮らしていることを知ったら、どう思うんだろうな……。

まったく気にしないだろうか。へえ、仲が良いんだねくらいに思うだろうか。

それとも……ちょっとは心配したり、気にかけたりしてくれるだろうか――。

「ここで読んでっていい？」

何冊かの漫画を渡すと、卜部がそんなことを尋ねてくる。

「え、いいけど狭くね？」

三畳ほどの部屋は、凜太と俺がいるだけでぎゅうぎゅう詰めだ。そこに卜部まで来たら、観光客で一杯のバスみたいな人口密度になっちゃうんじゃないか。

それでも、

「や、なんかここでわたしだけ別とか、仲間外れ感あるし」

「……なら、まあいいけど」

そう言われると、断るわけにもいかない。

俺と凜太はお互いの距離を詰め、卜部が座る場所を空けてやった。

――日和のことは、もう諦《あきら》めようと思っている。

たくさんのことが、宙ぶらりんなままだ。

世界のこと、約束のこと、そして何より自分自身の、あるいは日和の気持ちのこと。

わからないことだらけだし納得のいかないことだらけだった。

それがどうしようもなく苦しくて、別れた直後には酷《ひど》く塞《ふさ》ぎ込《こ》んだりもした。

けれど――日和が学校に来なくなって。

そんな日々が当たり前に続いて、彼女がいないことが日常になって――。

俺は――どうしようもなく思い知る。

もう、全部終わったんだ。

これからどうすることもできない。

だから、諦めるしかないんだ。

この苦しさも、今も胸にあるままで消えない強い欲求も、もはや成就《じょうじゅ》することはない。

ただゆっくりと、それが寿命を迎えて消えていくのを待つしかない……。

「……ふう」

息をつき、窓から夜の空を見上げる。雲が出ているようで、月が時折その影に隠れながら、灯《あか》りのまばらな尾道《おのみち》を照らしている。

――日和も、世界のどこかでこんな風に、空を見上げたりするんだろうか。

あの日見た、プラネタリウムにも似た星空を見て、尾道《おのみち》のことを思い出したりも、するんだろうか――。

＊

「――それで、その中村くんに『足し算って何なんだろう』って言われてさ」

数日後、高校からの帰り道。

そろそろ小学校での授業にも慣れ始めた、とある放課後。

いつものように卜部と歩きながら、俺は今日授業中に起きた出来事を彼女に話していた。

辺りは暖色の陽光に満ちている。橙《だいだい》の光に染められた、古い坂の町。

瀬戸内《せとうち》の波は光をちらちらと反射して、その先には向島《むかいしま》が巨大な鯨《くじら》のように横たわっていた。

「で、最初はこう、チョークを二本見せて、ここに一本と、ここにもう一本。合わせて二本でしょ？　それを数字で表現すると、一足す一になるんだよ、って話したんだけど……」

「へえ、それでよさそうじゃん」

卜部はこちらを見ると、『納得』みたいな顔でうなずいている。

「ていうか、それ以外の説明をしようがないよね、そういうもんなんだよ、っていう」

「だよな、俺もそう思ったんだけど……」

言って、俺はむんずと腕を組む。

俺自身、小学生のときはそれで納得していた。

今日だって、教室中の多くの生徒たちが「なるほどー」みたいな顔をしていた。

けれど――、

「でも中村くん、納得してくれなくてさ……」

「えー、なんでよ」

「中村くんは、粘土《ねんど》だったらそうならない、って言ってて。二つの粘土をくっつけたら、大きい一つの粘土になる。だから、一足す一は一なんじゃないかって言っててさ……」

……まあ、子供らしい屁理屈《へりくつ》ということもできるだろう。

ただ単に「足し算はそういうものじゃない。チョークの数みたいなものなんだって考えてください」と話を打ち切ることもできただろう。

けれど、

「確かにって、俺思っちゃってさあ……」

なんだか、そこで思考停止しちゃいけない気がしたのだ。

中村くんの質問は、俺を困らせようとしたのでも授業を妨害しようとしたのでもない。純粋に、気になったから聞いてくれたものだったんだ。

そして――俺自身、そこに何か、本質のようなものがある気がした。

算数、数学というのは、多分最も普遍的な概念を用いて、世界を理解しようとする試みだ。

以前読んでいた漫画か何かに、そういうセリフがあった。

当時はうまく理解できなかったけれど、中村くんの質問で、その言葉の意味が飲み込めた気がした。確かに、一足す一はなぜ二なのか、そこには世界の秘密に繋《つな》がる何かが隠されているような気がする……。

なら、俺はしっかりその質問に向き合いたくて、ちゃんとした答えを返したくて、

「……で、必死で考えてたら……授業時間終わってた……」

――マジでびっくりした。

生徒みんなと「足し算とは何なのか」を考え、話しているうちに、授業時間の四十五分が一瞬で過ぎていた。チャイムが鳴ったときには、何か手違いで早く鳴らしてしまったのかと思った。

「やー、ミスったよなあ」

ミスした悔しさに、俺は唇を噛《か》む。

「今日、九九の二の段の復習と、三の段やろうと思ってたのに……全然そこまでいけなかった……」

「まあ……別に前ほど、カリキュラム詰め込まれてるわけじゃないし」

なぜか妙にうれしそうに、卜部は笑いながらそう言う。

「たまにはそういう時間があってもいいんじゃないの？」

「まあ、そうかもしれんけど……今となっては、ネットで説明の方法を調べることもできないだろ？　だからちょっと、本とか探さなきゃいけなそうで……いい解説が、見つかるといいんだけどなあ……」

実際にネットを失ってみて、俺は自分がそれまでどれだけそこに頼りっきりだったのかを初めて理解した。

知りたいことを、即座に知ることができない。

文献を探すのにも一苦労だし、見つけても古い情報だったりわかりにくかったりで、納得感が薄かったりもする。

けれど……まあ、人類史って括《くく》りで見れば、ネットができてからの時間の方がずっと短いんだ。先人は、そういう苦労を重ねてきたはず。だからまあ、気長に頑張ってみようと思う。

特に、自分のことだけでなく生徒たちのこれからにも関わるのだから、なおさら。

と、

「……なんだあ」

ふいに、卜部がちょっと悔しそうに言う。

「ん？　どうした？」

「いや……わたし、結構先生やるの得意かもって思ってたんだけどさ」

そして、卜部は小さく笑うと首をかしげてみせ、

「なんか……深春の方が上手《うま》そうじゃん」

「……そうでもないだろ」

相変わらず、卜部は生徒たちと良《い》い距離を取りながら授業を教えられているようだった。凜

太の話によると、説明も簡潔でわかりやすいと評判らしい。

それに比べて、俺は相変わらず舐められっぱなし。それに、結構今日のは失敗だったとも思うのだ。

これまで問題なく足し算をできていた子が、ちょっと混乱してしまったかもしれない。

当たり前に考えられていたことに、疑問を抱いてしまったかもしれない。

それが、純粋に良《い》いことだったのかどうかは……結構微妙なラインだと思う。この段階ではまず「そういうもの」という理解の方がよかったのかもしれない。

けれど、

「……ううん、そういうのが必要なんだと思う」

卜部は、笑みを浮かべたまま首を振る。

「まあそりゃ、前みたいに普通に中学行って高校受験して大学受験して会社入って、って世の中だったら、また違うかもしれないけど。もう、そうじゃないからね。わたしらは、わたしらで生きていかないといけないから」

「……そんなもんかね」

確かに、もはやそういう「人生のルート」は、完璧に崩壊したと言ってもいい。

尾道市内《おのみちし》には市立大学があるし、今も営業している企業もある。けれど、大学の方は休校続きで生徒も仕事を始めているようだし、企業だって採用があるかもわからない。俺たち高校生も、受験なんて当然ないだろうという前提で毎日を過ごしている。

そんな世の中で生きていくためには……俺の教え方も悪くなかったんだろうか。

みんなで「当たり前」を見直すことにも、意味があったんだろうか。

……どうなんだろう。いまいち自信が持てないところだ。今度、田中《たなか》先生に相談してみてもいいかもしれない。あの担任は、学校再開以来それまで以上に親身な先生になっていて、俺たちもごく自然と、彼を頼りにするようになっている。

「……あ、やべ」

と、俺はふと思い出し声を上げてしまった。

「そうだ、だから帰り、算数の解説の本探しに図書館寄るつもりだったんだ」

「え。マジ？　そろそろ閉館時間じゃない？」

卜部がスマホで現在時間を確認し、画面をこちらに向ける。

「ほら、今五時半。確か図書館六時に閉まるから、あと三十分くらい」

「あーやっぱり。よし、俺、ちょっくら行ってくるから先帰ってて」

「うん、わかった。じゃあ、気を付けて」

「おう、それじゃ」

手を振り合って——俺は駅前に向けて駆け出した。

三十分……それだけの時間しかないなら、じっくり書棚と本の中身を見て吟味《ぎんみ》、なんてわけにはいかないだろう。数学関連の棚をざっと見て、よさげな本を適当に借りてくるしかない。

その中に、足し算の解説があってくれるといいんだけど……。

＊

――階段を下り、駅前の大通りに出る。

それまで坂道や周囲の塀に遮《さえぎ》られていた視界が、一気に広がる。

その開放感に、俺は無意識に回りを見渡した。

以前に比べてガソリンが高級品になったこともあり、車はほとんど見当たらない。

代わりに、荷車を押している人や自転車に乗って移動する人の姿が目に入って……もしかしたら。単に目につく人の数でいえば、以前よりもちょっと増えたかもしれない。

ちなみに、この時間の人通りが多いのは、もうすぐ日が沈んでしまうこともあるだろう。

瀬戸内《せとうち》の海の方に、大きく傾いた西日。

辺りを照らす陽光は、ずいぶんと赤みを増しつつある。

今となっては、電気の供給量も不安定だ。灯《あか》りのつく街灯も以前の数分の一で、日が沈んでしまえば駅前も暗くなる。だから人々の移動もこの辺りの賑《にぎ》わいも、今がピーク。それを過ぎると、店だって役所だって図書館だって閉まってしまうのだ。

そんな人だかりの中を、小走りで目的地へ向かう。

海沿いを行くのが、一番の近道だろう。俺は広場を抜けて海岸近くに出ると、向島へ向かうフェリーを眺めながら息を弾ませ続ける。

リズミカルに揺れる身体《からだ》。

テンポ良く繰り返される呼吸。

徐々に、身体《からだ》を動かす根源的な快感を覚え始める。

思考が爽《さわ》やかに空っぽになる、否応《いやおう》のない心地よさ——。

運動は偉大だ。

こうしてリズミカルに走っているだけでセロトニンが分泌《ぶんぴつ》され、心が穏やかになる。

以前より身体《からだ》を動かすようになって、俺はそのことを思い知った。

悩みも不安も苦しさも、運動をするだけでどこかに溶けて消えていってしまう。

こういう風に自分をコントロールする技術を、もっと磨いていきたい。

ストレスや悩みだらけの世の中だ。そして俺は、考え込みやすいタイプ。だからこそ、こんな風に無心になれる時間を、しっかりと作っていけるようになりたい。

——そんなことを、考えていたから。

本能的な充足感に、身を委《ゆだ》ねていたから——。

海沿いの倉庫の前で、曲がり角を曲がる。

大通りを逸れて、海のすぐそばの細い道に出る。
その先で――、
俺を待つように立っていた、一人の少女――。
その姿に――思ってもいなかった再会に。
俺は――壁にでもぶつかったように、その場に立ち尽くした。

「……こんにちは」

――こちらの存在に気付くと。

歌うような声で、彼女は言った。

「久しぶりだね――頃橋くん」

目の前の景色に、俺は指一本動かすこともできない。

西日に透《す》ける茶色い髪。

全てを見透かすように、煌《きら》めいている瞳。
少し日焼けした頬と、困ったように寄せられた眉と、薄く笑う唇――。
――葉群《はむれ》日和。

俺の元恋人であり。
四ヶ月間音沙汰《おとさた》のなかった日和。
ずっとそばにいたはずだった、そしていつの間にか遠く離れていた彼女が――。
――そこにいた。

「……えへへ……」

倉庫と海に挟まれた、狭い通り道。
空からの陽光と波の照り返しに満ちた、眩《まばゆ》い景色。
その真ん中で彼女は――風に髪をなびかせ、はにかむように笑っている。

「……ごめんね、急に現れて」

俺の驚きように申し訳なくなったのか。彼女は一層眉を寄せ、困ったように言う。

「けど……うん。一応、報告しておこうかなと思って。ずっと戻れなかったし、心配させたかもしれないし……」

──これは……幻じゃないのか？

絶句したままそんなことを思う。

これまで何度も考えてきたせいで、寝ても覚めても頭のどこかで彼女のことを思っていたせいで、うっかり見えてしまった幻。

けれど──吹く風の心地よさと、かすかに香る甘く懐《なつ》かしい匂い。

夕日を浴びてはにかむ彼女の頬と、はためいているセーラー服の襟。

──間違いなかった。

現実だ。


──日和がいる。

葉群日和が──そこに立っている。

「本当に、ずいぶん時間がかかっちゃったよ。もっと早く戻ってこれると思ってたんだけどね……。立て続けに、色々起きちゃって……」

彼女はもう一度笑うと、俺の顔を覗《のぞ》き込《こ》むようにして首をかしげ。

「でも……うん、やっとだ」

俺に——こう言ったのだった。

「やっと——尾道《おのみち》に帰ってこられたよ」

第2話 —— 再生

「……なんか今日の深春《みはる》、おかしくない？」

卜部《うらべ》に怪訝《けげん》な顔で言われたのは、日和《ひより》と再会した翌日。

凜太《りんた》、俺、卜部の三人で、食卓を囲んでいるときのことだった。

「えッ……へ、変って、何が……？」

思わず、声をうわずらせてしまった。

そんなつもりは……なかったんだけどな……。

そんな、表から見て変に見える感じになってるつもりは……。

けれど、

「いやなんか、そわそわしてるし落ち着かないし、ぼーっとしてるし」

茶碗《ちゃわん》片手に卜部はこちらを覗《のぞ》き込《こ》み、

「明らかに、挙動不審《きょどうふしん》なんだけど」

――表面的には、いつも通りの朝だった。

頃橋《ころはし》家一階の、狭い食堂。

以前は父、母、俺の三人で使っていた小さな食卓に、今は俺たち三人がついている。

できれば全員で食事をしたいんだけど、家族五人でご飯を食べたいけれど、どうしてもスペース的に無理がある。

ということで、我が家ではこうして子供組と、大人組の二回に別れてご飯を食べるのが決まりになっていた。

ちなみに、今朝のメニューは母さん得意の和食だ。以前に比べて手に入る食材はぐっと少なくなり、魚も野菜も市内で採れたもの。米は古米がメインになってしまった。

けれど、夫婦で居酒屋を営んでいるだけあって、母さんの料理は俺から見てもハイレベル。

大根の皮のきんぴらや葉っぱのおひたしもおいしくて、不満は一切ない。

だから問題は——こうして、卜部から鋭い指摘を向けられていることだけだった。

「や、別に……そんなことねーと思うけどな……」

必死に平静を装《よそお》って、俺は沢庵《たくあん》をかりかり齧《かじ》った。

「気のせいじゃねえか？　……ああ、あんまよく寝れなかったから、そのせいかも……」

「……変なのは、昨日帰ってきてからずっとだよ」

俺の言い訳をふいにするように、凜太までそんな言葉を続けた。

「心ここにあらずでさ、俺が何回話しかけても全然聴いてないし……それで何もないっていう方が、無理があるでしょ」

じとっ、と、凜太は姉によく似た目を俺に向けている凜太。

……本当に、鋭いな。

凜太の言葉に、俺は内心素直にそう認めざるをえない。

——日和に会ったんだ。

別れた彼女に、四ヶ月ぶりに再会した。

冷静でいられるはずはないし、これまで通りでいられるはずもない。

──あのあと。

再会をした倉庫裏で、日和とは少し会話をしただけだった。

元カノに対して、どんな態度を取れば良いのかわからなかったし、何を話すべきかもよくわからなかった。

だから、口にできたのは本当に気になったこと。社交辞令にも思えそうな、いくつかの質問だけ──。

「……元気に、してたのかよ」

「うん、見ての通り元気だよ。ごめんね、学校ずっと休んで」

「最近は、どうしてたんだよ」

「今まで通り。世界を飛び回って、問題の対処に当たって。それがちょっと忙しくなったんだ」

「またすぐ、仕事に戻るのか?」

「基本的には、しばらく尾道《おのみち》にいるつもりだよ。仕事には、時々戻ることになるけれど」

──ごく普通の、やりとりのはずだった。

クラスメイト同士が交わすような、なんてことのない日常会話。

けれど。

俺ははっきりと──彼女が変わったことを実感していた。

声の抑揚《よくよう》や言葉選び。すっくとそこに立つ佇《たたず》まい。

そして何より、表情。

この状況で、酷《ひど》く落ち着いているその顔が。

当たり前みたいに会話をしている彼女が──以前の日和とは、大きく変わっていた。

俺と話をするだけでドギマギしていた日和。

ころころと変わる表情に、不安げにこちらを覗き込む顔──。

以前の日和は、そんな気弱なところのある女の子だった。世界を舞台に戦っているのに、ごく普通の高校生な一面もある。そういう女の子のはずだった。

今の彼女からは──そんな落ち着きのなさが失われていた。

何か、一線を越えたところにいるような。俺の知らない全てを知っているような、底の見えない冷静さ──。

「……じゃあ、わたし行くね」

短い会話が終わると。

日和はそう言って──俺に小さく手を振った。

「今日はひとまず、挨拶《あいさつ》しに来ただけだから。会えてうれしかったよ、頃橋くん」

「お、おう……」

「じゃあ、またね――」

――また。

その、またの機会はいつ訪れるのだろう。

きっと再び、日和は忙しい仕事の日々に戻るんだろう。尾道《おのみち》で暮らすとは言え、俺たちの生活が今後交差するようには思えない。

だとしたら、次に会うのはいつのことになるのだろう。

そしてその頃には――日和はどんな女の子になっているんだろう。

そんなことを考えているうちに、彼女はどこかへ歩き去っていった。

――もうすっかり、図書館で本を探すような気分ではなくなっていた。

「……まあ、とにかく」

そして、今朝。

俺は卜部姉弟の追究を打ち切りにすべく、そう言ってご飯を食べ終え席を立った。

「別に普通だから、気にしないでくれよ。ほら、のんびりしてると学校遅れるぞ」

確かに――動揺はしているんだろう。

もう一度彼女に会って、俺は確かにうろたえている。

この二人に、日和との再会を内緒にしているのがその何よりの証拠だ。

本当にどうでもいいなら、きっと俺は卜部と凜太に――いや、実は日和と会ってさ」なんて言うことができたはずだ。

けれど、そうしなかったのは――俺が未《いま》だにぐらついているから。

それをどう受け止めれば良いのか、見つけられずにいるから。

それでも――、

「変だとしても、多分一時的なもんだよ。すぐ元に戻るって」

――俺は、食堂を出ながら彼らにそう付け加える。

日和の言う通り、きっと顔を見に来ただけなのだ。

一時的に尾道《おのみち》に戻ってきて、挨拶に来ただけ。少なくともまたしばらく、顔を合わせることはない。

だとすれば、今このときだけをしのぐことができれば良いのだ。

うまくごまかそう、曖昧《あいまい》に流してしまおう。

納得のいかない二人の顔をちらりと見てから、俺は内心そんな風に決意する。


――そんな風に考えていた、一時間後。

卜部とともに到着した、学校の昇降口にて。

あっさりと――決意はふいになった。

「……おはよう、頃橋くん、卜部さん」


——日和がいた。

昨日再会した彼女が、制服を着て——当たり前のように登校してきていた。

彼女は昇降口に満ちる朝の光に、まぶしそうに目を眇《すが》めると、

「ちょっと間が空いちゃったけど……三年生になっちゃったけど」

薄く笑みを浮かべて、俺たちにそう言った。

「今年もよろしくね……」

その言葉に——立ち尽くす俺の隣で。

想定もしていなかった事態に凍り付く俺の左側で、

「……なるほど……」

卜部が、ため息交じりに小さくそうつぶやいた。

「これが原因か……」

＊

——日和が戻ってきたことに、教室中は大騒ぎになった。

「——ちょ、今までどこ行ってたんだよ！」

「——ねー！　四ヶ月も！　久しぶりすぎるでしょ！」

「あはは、そうだよね。ごめんね」

新たに作られた日和の席。その周囲に集まったクラスメイトたち。

先陣を切った大橋《おおはし》と天童《てんどう》さんの問いに、日和は小さく笑う。

「ちょっと家の都合で尾道《おのみち》離れててね。もっとすぐ帰ってくる予定だったんだけど、思ったより時間がかかっちゃって」

「……体調は、大丈夫だったの？」

「そうそう、僕もそれが気にかかってて……」

梶《かじ》くんと橋本《はしもと》が、気遣《きづか》わしげな顔でそれに続いた。

「尾道《おのみち》の外……ヤバいんでしょ？」

「葉群《はむれ》さんもご家族も、ウイルスにかかったりは……しなかった？」

「うん、それも大丈夫」

こくりとうなずいてみせる日和。

「両親も姉も、元気だよ。ていうか、わたしもみんなが元気そうで、ほっとしたよ」

——会話をしているのは、俺たちグループのメンバーが中心だった。

中でも大橋、橋本、梶くん、天童さんの四人。

けれど——周囲の他の生徒からも、日和に視線を向けられているのがひしひしと感じられて。

彼女が戻ってきたことに対する驚きが、ありありと見て取れて——、

「……ふう……」

なぜか俺は、小さく息をついてしまう。

……きっとみんな、もう命を落としていると思っていたんだろう。

日和が学校に来なくなったのは、突然のことだった。

なんの前触れもなく現れなくなって、特に連絡も入らなくて、そうこうしているうちに三年生になり、彼女の席もなくなって——。

誰も、もう日和は帰ってこないと思っていた。

どこかで命を落としていると思っていた。

……まあ、それも無理はないのだけど。

実際、同じように急に学校に来なくなる生徒は他にもいる。

そしてほとんどの場合、彼らはウイルスなり災害なりで命を落としていたことが、あとになって判明する。

だから、こうして帰ってくることの方がレアケースなんだ。実際俺だって、この状況で……予想外に帰ってきた日和を前にして、どんな態度を取れば良いのかわからなくなっている。

けれど、

「……よかったな、頃橋！」

俺の微妙な態度にも気付かない様子で、大橋が背中をバシバシ叩《たた》いてくる。

「お前も心配だっただろ！　よかったな、彼女帰ってきて！」

「あーそうじゃんそうじゃん！」

天童さんも、こっちに無邪気な笑顔を向ける。

「いやー感動の再会ですね！　ていうかわたしらお邪魔だった⁉　ごめんよー大騒ぎしちゃって……」

「……ああ、いや、その」

予想していなかったその反応に、思わず口ごもってしまう。

……てっきり、みんな知っているものだと思っていた。

もちろん、自分からそのことを吹聴《ふいちょう》したりはしなかったけれど、卜部にははっきりと別れたって言ったんだ。そこから情報が流れて、皆当然それを知っているものだとばかり……。

……卜部、黙っていてくれたんだな。誰にも言わないでいてくれたんだ。

まずは、それが意外だった。なんとなく、卜部はなんの抵抗もなく周囲にもそのことを伝えそうな気がしていた。

そして……どうしよう。

この会話、どんな風に切り抜ければ良いんだろう？

うやむやにして流してしまう？　表面的には付き合っている風を装《よそお》う？

あるいは、普通に別れたことを明かすのがいいんだろうか……。

……わからない。

経験が足りなすぎて、こういうときどう振る舞えばいいのかわからない。

沈黙が長くなりすぎたのか、徐々に視線が俺の方に集まり始める。

とりあえず、何か言わなきゃと口を開いたところで、

「もう、別れたんだ」

フラットな声が、ふいに上がった。

「ごめん、言ってなかったよね。わたしと頃橋くん、お別れしたの。もう付き合ってないんだ」

——日和だった。

日和が、端的に俺たちの関係を皆に説明していた。

「——えぇぇぇぇぇぇぇぇぇぇ⁉」

「——どぅえへぇぇぇぇぇぇ⁉」

大声が上がった。

大橋と天童さんから驚きの声が上がった。

声に出したのこそ二人だけだったけれど、驚いたのは他の面々も同じだったらしい。

梶くんは目を見開き日和を見つめ、橋本はおろおろと俺と日和の間で視線を往復させている。

「な……なんで⁉」

食らい付くようにして、大橋が日和に尋ねる。

「めちゃくちゃ仲良いっぽく見えたんだけど。ほら、その……頃橋、プレゼントとかも用意してたし……。ていうか、いつ頃の話⁉　いつの間に別れたんだよ……」

その驚きように、俺は思い出す。

……そうだ。大橋は、応援してくれていたんだ。

クリスマス。俺が日和にプラネタリウムを作るために、家にあった材料を提供してくれた。実際に完成したプラネタリウムや動かしてみた映像は大橋にもラインで送ったし「すげえじゃん！」「絶対喜んでくれるよ！」なんて言っていたんだ。

「別れたのは……結構前だよ。クリスマスの次の日とかかな」

けれど日和は、吹っ切れたようにあっさりした口調で、そう答えた。

「ごめんね、みんなにもしばらく報告できなくて」

「ていうか、どうして振っちゃったのー⁉」

天童さんが、さらに踏み込んで日和に尋ねる。

「ＤＶが酷《ひど》いとか⁉　浮気《うわき》癖があるとか⁉　もしかして……お酒を止めてくれないとか⁉」

なんかもう……めちゃくちゃな発言だった。

DVとか浮気《うわき》とかお酒とか、あるわけないだろ……。

ていうか、なんでナチュラルに俺が振られた前提になってるんだよ。まあ、実際その通りなんだけど……。

「別れた理由かあ……」

日和はそう言って、視線を落とす。

そして――全員の注目が集まる中。

彼女はたっぷり数秒ほどの間を置いてから――、

「――わたしと付き合ってると」

ようやく顔を上げ――皆にうっすらと笑ってみせた。

「わたしが彼女だと、頃橋くんを困らせちゃうからかな」

――心臓が跳ねた。

頃橋くんを、困らせるから。

思い出すのは……俺たちが別れた日。東京《とうきょう》で交わした、会話のことだった。

そうだ……あの日。彼女が俺に別れを切りだしたのは、そういうことが理由であるようだった。

連れていかれた東京で、日和は確かに、そんなことを言っていた。

けれど――たとしたら。

俺を困らせるから別れたのだとしたら、日和は――、

「――えーそれどういう意味⁉」

そんな俺の思考を遮《さえぎ》るように。

天童さんが、日和に質問を重ねる。

「結構葉群さん、わがまま言うタイプなの⁉」

「困らせるって、どういう系の？　なんか、付き合うのに条件があるとかそういう……？」

大橋は未《いま》だに納得できない様子だし、天童さんは興味を隠しきれていない。

梶くんと橋本は一歩引いているけれど、しっかりとそばで聞き耳を立てている。

そんな輪の中心で、それでも動揺することなく笑っている日和――。

……一体、どんな気持ちでいるんだろう。

日和はどんな気分で、彼らの質問を受け止めているんだろう。

少なくとも――俺は苦しかった。

これまで四ヶ月間、必死に抑《おさ》えこんできた感情。

それが今、抗《あらが》いようもなく掻《か》き立《た》てられる感覚があって、どうしようもなく苦しかった。

「――これからはさ」

ふいに、そんな声が上がった。

騒がしい質問攻めの中、妙にはっきり響くその声。

……卜部だった、
これまで黙っていた卜部が、穏やかな顔で日和に問いかける。

「これからはまた、前みたいに学校通えるの?」

「……うん、そうなると思う」

短く間を開け、卜部の方を向き。日和は、こくりとうなずいてみせた。

「時々、家の事情で休むかもしれないけど、基本は毎日通えると思う」

「そう、よかった」

「放課後とかも、たまには皆といられるかも。これも、状況次第ではあるけど」

「そっか。田中《たなか》先生から話しがあったかもしれないけど、今地域作業の時間もあるから。日和も行けそうだったら、一緒に色々作業しよう」

「うん、そうだね、できればいいなって思ってる」

「……それからさ」

と、卜部は短く息をつき、言葉を続ける。

「変な空気にしたくないし、隠したりなんて絶対したくないから、先に言っておきたいんだけど……」

――不穏な前置きだった。

卜部が言葉を重ねるのに合わせて、空気が硬質になっていく。

そして――、

「わたし、今――深春の家に、お世話になってるから」

卜部は――はっきりとそう言った。

「両親が前に死んじゃって。だから今、弟と深春の家に住ませてもらってる」

ぴん――。

と、雰囲気が張り詰める音が聞こえた気がした。

日和は――じっと卜部を見ていた。

その表情は、特に揺らいでいるようには見えない。

小さな緊張や困惑すら、一ミリだって見いだすことはできない。

「日和としては、複雑かもしれないけど、そういうことになったから。それだけは、ちゃんと報告させてもらうね」

「……そっか」

さほど間を開けることもなく、日和は小さくそう返した。

「ご両親……そうだったんだ。それは、残念だったね……」

そして、それまで以上に深刻な顔で、一部の緩みもない生真面目な顔で、

「……ご愁傷様です」

「うん、心遣いありがとう……」

「……頃橋くんの件は」

と、そこで日和はかすかに表情を緩める。

「もちろん、別に文句も何もないよ。というか、うん。卜部さんがそれで少しでも心安まるんなら、よかったなと思う」

「お陰様でね。良くしてもらってるから、ずいぶん楽になったよ」

「……そう」

ほう、と息を吐く日和。

そして、その目を細めると周囲を見回し、

「そっか……みんな、色々あったんだね……」

それがきっかけだったように——張り詰めていた雰囲気が、わずかに和《やわ》らいだような気がした。

緊張感に黙り込んでいた面々が、また少しずつ日和に声をかけ始める。

けれど——そんな中。

俺だけは、なぜだかうまくその流れに乗ることができなくて。

日和の気持ちや考えを、理解することができなくて。

一人ぽつんと取り残されたように、黙り込んだままでいた——。

＊

——頑張《がんば》れば、全てがうまくいくんだと思っていた。

教室の自分の席に座り。

授業を受けながら、俺はぼんやりとこれまでのことを思い出す。

壇上では菅原《かんばら》先生が、二次大戦開戦の経緯を日本側視点で説明していた。

彼の前に並ぶ、まばらに空席のある机たち。

目を横にやれば窓の外は綺麗《きれい》な晴れ模様で、薄い水彩画のような空と油絵のような海や街が、ガラス一枚隔てた彼方《かなた》に広がっていた。

そして——その視界の片隅には。

窓際《まどぎわ》の列、一番後ろの席には彼女が。

日和が腰掛け、ペンを片手に授業に聞き入っている。

俺が恋をした彼女が——地球の命運を握っていた。

恋人である葉群日和は『お願い』の力を持って【天命評議会《てんめいひょうぎかい》】を率《ひき》い、世界を相手に戦っていた。

それは、俺にとって途方もない現実だった。

こんな田舎《いなか》の男子子高校生にとっては、受け入れようもない事実——。

当たり前だろう。理解できるはずがない。自分の彼女が、地球全体の未来を左右するなんて。

たくさんの人々の命や生活を、左右する立場にあるなんて。

そもそも俺は、この日本を出たことがないのはもちろん、広島県《ひろしまけん》を出たことさえ数えるほどしかなかったんだ。話の規模が大きすぎる。想像がつかないし現実味さえない。

それでも——いや、だからこそ。

俺は、精一杯《せいいっぱい》頑張ろうと思った。

わからないことばかりだけど、全力を尽くしたいと思っていた。

思い付く限りの、理想の彼氏でありたいと思っていた。

そして、期待していたのだ。

そうすれば、全てがうまくいくんだと。誠意をもって全力で頑張れば、きっと全てが良《い》い方向に回っていくのだと。

それこそ——日和に教えてもらった漫画のように。

世間で大人気だった、甘い恋物語みたいに。

——間違いだった。

そんな考えは誤りだった。そんなわけがなかった。

当たり前のように、俺は日和を持て余してしまった。彼女が抱えているものを、受け止めきれなかった――。

そう、それが現実だ。

どれだけ理想を口にしても前向きに頑張ったとしても、届かないものはある。

人生をかけた仕事が下らないことでふいになることなんてよくあるし、大切な命が些細《ささい》な事故をきっかけに失われることだってある。

俺はきっと――世界に期待し続けていた。

この世の中が、俺にとって公正に回ってくれるんだと、無根拠に信じてしまっていた。

だから、俺は現実を知ったんだ。

この世は不条理で、人の気持ちや願いなんて関係なく周り続けている。恋だって同じだ。どれだけ願ったって、どれだけ努力を重ねたって、報われないときは報われない。

ただ俺たちは、大切なものを絶え間なく失っていくことしかできない――。

――瞬間。

視界の隅、窓の一角。

そこにいた日和の目が――こちらを向いた気がした。

彼女の瞳が、俺を射貫《いぬ》いたような一瞬の残像。

慌《あわ》てて視線を黒板に戻す。これまでもずっと授業を聴いていたような、そんな風を装《よそお》う。

――もう、今さらどうにかできるなんて思っていない。

ため息をつき、俺は菅原先生の板書をノートに書き写していく。

これからどうしたって、もう俺が日和の隣に並び立つことはないんだろう。

ただ少しずつ距離が離れていって、どんな女の子だったかも忘れていって、全てが過去になってしまう。

けれど——思ってしまうのだ。

こんな風になるのを、回避するルートはなかったんだろうか。

俺と日和が隣にい続ける方法が、彼女の恋人であり続ける方法はなかったんだろうか。

例えば、俺が奇妙な期待をしなければ。

頑張れば報われるとか、きっと理想の彼氏になれるとか、そんな幻想を抱かなければ、うまくいったんじゃないか。

……そう、幻想だ。

きっと俺は、日和にも幻想を抱いていたんだろう。

俺は、現実の日和を見ることが、きっとできずにいた。

ちゃんと、そのそばにいてやることができなかったのだと思う。

もちろん、そうすることを望んだのは俺だけじゃない。彼女だって、俺と一定の距離を保とうとしていた節がある。

けれど——それを踏み越えていれば。

彼女の全てを本気で知ろうとしていれば――。
俺は――。
俺たちは――。

＊

「――このリストの順に、ロックダウンを行います」

専門家に作らせた、ウイルス感染者の残る街のリスト。

それを評議会支部の執務室で安堂《あんどう》さんに渡しつつ、わたしはもう一つの一覧の説明を始める。

「それと、こっちが例の災害の前に、全住民非難をさせたい地域リスト。結構かぶってる場所もあるというか、絶対避難後には難民扱《あつか》いになって混乱が生じるから、避難即二週間のロックダウンを命じる予定です。それを今日から二十日間の日程で完了したいから、スケジュールを組んでください」

「……そうですか」

安堂さんが――左腕を失った安堂さんが。

残った右手でリストを持ちつつ、器用にずれた眼鏡《めがね》をかけ直す。

その仕草には、かすかに動揺が見える気がして、

「……どうしたの？」

わたしは彼に尋ねた。

「リストに何か不備がある？　欠けがあったかな？」

「……いえ」

首を振る安堂さん。

「何でもありません、すみません……」

「『話して』」

——そう『お願い』すると。

能力を使って彼にそう言うと、あっさり内心を明らかにしてくれる。

「このリスト。また、多大な犠牲者《ぎせいしゃ》が出ることが予想されて……抵抗を覚えました」

——いつの頃からだろう。

こうして、周囲の人に『お願い』を使うのも、躊躇《ちゅうちょ》しなくなったのは。

わたしの一番の味方にも、ためらいなく強制力を行使するようになったのは。

けれど——今や事態は、配慮だの関係性だの言っていられない状況にある。

とにかく少しでも、率直な情報を集めて判断をしなければならない。

「確かに、これまでで最大規模の避難かもね〜」

隊の志保ちゃんが、羽根みたいに軽い声でそう言う。

「逃げてどうなるって話もあるけど、そうしないわけにもいかないし。ワンチャン奇跡に賭けるしかないよね～」

「非難する人数は、概算でどれくらいになりそう？」

「ん～、[redacted]万人くらい？」

割り勘の代金でも確認するような口調で、志保ちゃんは答える。

「[redacted]と[redacted]はまだ人、百万人くらいいるからねー。例の[redacted]大統領も、なかなか決断できずにいたとこでしょ？」

[redacted]大統領。[redacted]共和国の七代目大統領。

今年の頭まで、【天命評議会】の天敵として表で裏でやりあってきた存在だ。向こうは明白にわたしの命を狙《ねら》いに来ていたし、学校に特殊部《とくしゅぶ》隊《たい》を送り込んできたのも、元をたどれば彼の指示によるものだろう。

けれど——今は彼も評議会の管理下にある。

わたしが【天命評議会】に戻ってすぐに、『お願い』の範囲実行を駆使して各国政府は懐柔を済ませてあった。

「[redacted]万人か」

志保ちゃんの言う人数を、わたしは口の中で繰り返し、

「許容範囲内だね。安堂さん、進めてください」

「……わかりました」

苦しげに唇を噛《か》むと、安堂さんはリストを手に執務室を出て行った。

志保ちゃんが、「ばいばーい」と彼に手を振る。

わたしもその背中を見送りながら、そう言えばもうずいぶんと、彼とは雑談らしき雑談をしていないなと気が付いた。

ふう、と息を吐き周囲を見回す。

数ヶ月前までとある企業に使われていたオフィス、その一室。

傍《かたわ》らでは水の涸《か》れたウォーターサーバーが沈黙し、軽食ラックには期限の切れた菓子類がわずかに残されているのみだ。

もはや、以前使っていた評議会の支部はほとんど使用していない。今なら『お願い』で、徴用も警備も全てどうにかなるんだ。わざわざ厳重な施設なんて必要がないし、だとしたら考えるのは地理的な利便性だけでいい。

よけいな思考は可能な限り省略するべきだ。

今、この場でわたしに必要とされているのは純粋な『機能』のみだ。

「……しかしまー」

志保ちゃんが、手元でノートパソコンをいじりながら声を上げる。

「さすがに日和ちゃんが、ここまで突き詰めるとは思ってなかったねー」

「……うん、だろうね」

うなずいて、わたしもパソコンに目を落とした。

確認すべきこと、考えるべきこと、判断すべきことはまだ山のようにある。

作業を止めるわけにはいかない。

「ごめんね。思ってたほど、弱い女の子じゃなくて」

「ほんとだよ～……」

言って――志保ちゃんは珍しく。

本気のため息を、呆《あき》れと後悔と諦《あきら》めを滲《にじ》ませたため息を、はあ……と吐き出した。

「評議会入ったときは、こんな風になるとは思ってなかったな～。完全に予想外だよ。もっと早くに、色々ダメになると思ってた～」

志保ちゃんが、どうしてわたしの側近になったのか。

どうして兄の命を奪ったわたしに近づき、その活動に加わろうとしたのか。

それをすでに、わたしは知っている。

評議会スタッフになる際、お願いで洗いざらい吐いてもらってあった。

――強烈な殺意。

――同じくらい強烈な同情。

彼女の胸にあったのは――その二つの感情だ。

その矛盾する、相反する感情に突き動かされるようにして、志保ちゃんは評議会に合流した。

そんな彼女の根源は変わることはなかったし、だからこそわたしが抜けていた時期も、評議会の指揮を執《と》り続けていたんだろう。

そして今や、同情なんて必要なくなった。

わたしは誰よりも――適切にこの仕事をこなすことができる。

誰よりもドラスティックに、誰よりも合理的にことを進めることができる。

そうなった今――、

「……どうする？」

わたしは、改めて志保ちゃんに尋ねる。

「もうわたし、かわいそうな女の子でも何でもないけど。殺す？」

――そういう選択肢《せんたくし》だって、ありえる気がするのだ。

かわいそうでなくなった今、志保ちゃんにとってわたしは兄の仇でしかない。

残るのは、殺意だけだ。

実際、憎しみの感情がないわけないだろう。

けれど、

「……まさか～」

志保ちゃんは、パソコンから顔を上げおどけたように笑う。

「わたしが日和ちゃん殺せるわけないじゃない。あらゆる意味で」

「……まあ、それもそうだね」

そうだ、そんなことできるはずがない。

わたしを殺したところで得られるのは、兄の仇を取ったという充実感だけ。

その後遠からず組織は崩壊して自分も死ぬことになるし、そもそも。

『お願い』を範囲適用できるわたしを、物理的に殺すこと自体が極めて難しい。

「……ていうかそうだ！　思い出した～！」

と、そこで志保ちゃんは意地悪に笑い、

「日和ちゃん、甲斐甲斐《かいがい》しくも元カレのとこに戻ったじゃな～い？」

鬼の首でも取ったみたいに、そんなことを言う。

「ためらいなく人が死にまくる決断しておいてさ、ちょっと付き合ってた程度の男の子に未練たらたらじゃな～い。だからまだまだ、日和ちゃんはかわいそうな女の子だよ。安心して！　まだちゃんとJKしてるよ！」

そのもの言いに、思わず笑ってしまった。

今や、誰もが一線を引いて距離を取るわたしに、こんな風に突っかかってきてくれる志保ちゃん。そのことには、素直にありがたいと思う。側近が、この子でよかったと心から思う。

けれど、

「未練たらたら、か……」

――そういうわけじゃ、ないんだ。

わたしはもう、諦めている。

自分が恋をすることだとか、恋人に大切にされることだとか。気持ちを通い合わせる幸福を味わうこと、性的な充足だとか、家庭を築くだとかそういうこと。

それでもただ――一つだけ、願うことができるのならば。

わたしが誰かに『お願い』できるなら――。

どうしても、確認したいことがある。

彼氏彼女になりたいなんて、到底《とうてい》もう言うことはできない。

それでも――どうしても、頃橋くんに確認したいこと――。

「……ほら～」

こちらに目をやり、志保ちゃんはこらえきれなかった様子で笑う。

「そんな顔するんだから、まだ……ほっとかないって」

「……そう」

「これからも、ヒール演《や》らせてもらいますよ～」

「わかった」

短くそう返して、わたしはもう一度作業に戻る。

避難後の難民の生活に関する提言が、関係機関からいくつか上がってきている。確認して承認しないと。

けれど、ちょっと考えてから。言葉に出すのはやめて、心の中だけで志保ちゃんに伝えておくことにする。


——ありがとう。

＊

——とある夕方。

向島《むかいしま》の図書館を訪れた、帰り道のこと。

俺は本土へ向かう船をフェリー乗り場で待ちながら、借りてきた算数の参考書をパラパラと眺めていた。

中村《なかむら》くんや、他の生徒たちによる俺への質問は、今も続いている。

むしろ、日が経《た》つにつれてどんどん頻繁《ひんぱん》に、内容も難しいものになっていて、その解答のためにもこうして図書館に通うのが俺の日課の一つになっていた。

ちなみに、本土の図書館にある算数関係の蔵書はだいたいざっと見終えている。新しい本を探すなら、こうして向島にまで出向くしかない。日和の自宅のある、向島に。

そのことに、思うところがないわけがない。

意識をしてしまうところは、多分ある。

けれど、今の俺はそれよりも興味の惹《ひ》かれることがあって、

「……ふん、おもしれえな……」

ページをめくりながら、俺は一人そうこぼした。

俺は学校では習わない様々な数学知識に触れ、それを楽しむようになっていた。

特に、無量大数までの全単位や、グラハム数。そういう生徒が喜んでくれるような豆知識は積極的に覚えて、授業中に披露《ひろう》するようにしていた。

みんなには、楽しく興味をもって算数を学んで欲しい。そうなると、わくわくするような知識を披露するのが効果的だろうと思う。

「……ふぅ……」

ざっと手元の本を見終えると、顔を上げた。

俺の座っているベンチの先には、数百メートルの幅の瀬戸内《せとうち》の海。

そしてその向こうには、土砂崩《どしゃくず》れの爪痕が今も残る、尾道《おのみち》の町がどんと鎮座している。

空はすでに、橙《だいだい》から群青《ぐんじょう》色に移り変わりつつあった。街に灯《とも》る光は以前に比べるとずいぶ

んと少なくなったけれど、なぜだろう。以前よりも、その色合いに人の生活の温かみが宿ったような気がする。

……そんな風に、見とれていたからだろうか。

久しぶりに、気持ちが穏やかだったからだろうか。

「……頃橋くん」

背後から——そんな風に名前を呼ばれても。

日和が俺に声をかけてきても、俺はさほど驚くこともなかった。

「……おう、日和」

振り返ると、やはり日和がいる。

長袖のカットソーにスカート、足下はスニーカーという久しぶりの私服姿。

彼女は宵闇《よいやみ》の近づく中、船着き場の光を浴びてぼんやりと輝いて見えた。

「こんばんは。今から帰るところ？　向島に用事あったの？」

「うん、算数の授業で使う本を探しに、図書館に行ってて」

「そっか」

結局日和は、午後は家庭の事情で忙しいから、と地域作業に参加していない。

もちろん、家庭の事情というのは嘘《うそ》で、実際は【天命評議会】の仕事があるのだろう。

それでも、最初の宣言通り授業にはきちんと参加していて、周囲の生徒とも当たり前のように交流しているようだった。

「ていうか、そっちは？　本土行くの？」

「ううん、海でも見に行こうかと思って家出たら、ここに頃橋くんがいたから、来た」

「そう……」

「座ってもいい？」

「……いいけど」

うなずくと、「ありがと」と小さく言って日和は隣に腰掛ける。

そんな彼女の仕草に──変わったなと、俺は改めて思う。

以前の日和だったら、こんな風に俺の隣に自然に座ることなんてできなかっただろう。

特に、元カレなんていう立場になった、俺の隣になんて。

そわそわして無駄に断《ことわ》ったりして、結局ちょっと離れたとこに立ったまま、なんてオチになったかもしれない。

「……綺麗《きれい》だね」

視線を空に向けながら、日和がつぶやくように言う、

「色んな場所の空を見てきたけどね……やっぱり、ここで見る空って特別だったんだなって思った。なんでだろうね。皆がいるからかな」

「……どうだろうな」

君がいるから、景色が美しい。

有名な歌の歌詞にもなっているような、誰もが持っている感覚だろうと思う。

俺だって、同じことを思ったりする。

特に、恋をしているときは。目に入る全ての景色が美しくて、胸が押しつぶされそうになってしまう。

けれど——今は日和が、
今も日和が、そんな感情を持ち合わせていることに、俺は小さく思うところがある。

——ただ、彼女は仕事ですり切れただけではない。どこかに、以前のままの部分も残っているんだろう。

だとしたら——と、俺は彼女の隣で、同じように空を見上げる。

彼女の言う「皆」の中に、俺も入っているんだろうか。

彼女にとって、俺は美しい景色の一つに、なれているんだろうか。

「……なんで、戻ってきたんだ？」

そんなことを、考えていたからだろうか。

日和の隣で、彼女の本心を思っていたからだろうか。

俺は半ば無意識に——そんなことを尋ねてしまう。

「今も、色々忙しいんだろ？　毎日、なんかしてるっぽいし……。戻ってきたの、なんか理由があるのか？　したいことがあるとか、見たいものがあるとか……」

心当たりがあるわけではなかった。

今の日和は、その内心を簡単には見せてくれない。だから、「これをやりたかったんだろう」とか、そういう思い当たる節があるわけでもない。

だからむしろ――それは願望だったんだろうと思う。

何か、理由があって欲しい。特別なわけがあって、尾道《おのみち》に戻ってきていて欲しい。

そんな俺の、みっともない願望が漏れ出ただけの問い――。

……日和は、じっと黙り込んでいる。

空に目をやり、街に視線を落とし、しばらく瀬戸内《せとうち》の波を眺めている。

気付けば――向こうからフェリーがやってきていた。数分おきに到着していた以前からずいぶんと減り、一時間に数回の行き来だけになったフェリー。

俺は、あれに乗って帰らなきゃいけない。このタイミングを逃せば日が沈んで、辺りは完全に暗くなってしまう。

……答えは、聞けそうにないかもしれない。

ごくフラットに、そう思った。

日和から、気持ちを教えてもらうのは難しいかもしれない。そもそも、戻ってきた理由なんて、特別ないかもしれないのだから。

膝に手を突き、ベンチから立ち上がった。

乗船の準備をしないと。

ここでのやりとりが終わったら、この雰囲気はおしまいだ。

思えば、なんとなく気まずい空気でここまで毎日を過ごしてきたけれど。日和との関係をうまく摑《つか》めずにいたけれど、いつまでもそうしているわけにもいかない。

答えがないのが、結論だ。

だとしたら——明日から俺たちは、ただのクラスメイトになろう。

元カレ、元カノですらない、ただの友達として振る舞おうと思う。

けれど、

「……ねえ」

日和が、ふいに声を上げる。

「覚えてる？」

「……何を？」

「約束のこと」

言うと——日和は顔を上げ、こちらを見た。

「ずいぶん前にしてくれた、約束のこと」

そして、日和は立ち上がり、

「いつか、わたしの願う世界が実現したら。【天命評議会】なんていらなくなって、わたしが普通の女の子に戻る日が来たら。そのときは――わたしの隣にいてくれるって」

「……うん」

唇を噛《か》みながら――俺はうなずいた。

まだ甘い夢を見ていた頃の、バカみたいな約束事。

全てがどうにかなるんだと信じていて、いつか報われるのだと疑わなかった頃の、愚かな口約束。

「覚えてるよ……」

苦々しさに顔をしかめて、俺はうなずく。

今の俺には、はっきりとわかっている。

【天命評議会】がいらなくなる日。そんな日は――きっと来ないのだ。

この世には、人類にはそういう組織が必要だ。その事実は、どうやったって変わらない。

遠い昔から本当は強く求められていて、こんな風になった今、世界にようやく与えられた【天命評議会】。それがなくなることがあるなんて信じていた。恥ずかしい、自分の過去。

けれど――、

「あれさ」

言って、日和は真《ま》っ直《す》ぐ俺を見ると――、

「今も——守ってくれる気、ある？」

——そう、尋ねてきた。

「あの約束……今でも、守ってくれる？」

……うまく、言葉が飲み込めなかった。

今も、あの約束を守る気があるのか。

日和が求めたら、俺はそれに応《こた》えるのか。

どういう、意味だろう。現実にまったく即していない約束。そんな状況になるはずのない、的外《まとはず》れな条件設定。

それを、守る。

日和は、一体何を言っているんだろう。

「……都合よすぎかな」

ふいに、日和はそう言って表情を崩した。

「自分で別れようって言っといて……ねえ。我ながら、めちゃくちゃなこと言ってるなって思うよ。ごめんね……」
その声に、顔色に。俺は久しぶりに、俺の知る日和の色を見たような気がする。
胸に蘇《よみがえ》る、当時の感覚。日和に向けていた、強くて押さえられない気持ち——。
「けど……うん」
日和がうなずく。
同時に、船着き場にフェリーが到着した。
以前よりもずいぶん少ない数の車と、人々がバラバラと降船していく。
「考えておいてくれると、うれしいな。すぐにじゃなくても、構わないから」
彼女のそばを、下りた人々が通りしていく。
乗船するのは……俺だけらしい。
他に、フェリーに乗り込もうとしている人の姿は見えなかった。
そして俺は、
「……わかった」
うなずいた。うなずいてしまった。
そうするより他に、選択肢がないような気がしていた。
フェリーに乗り、日和の方を振り返る。
船着き場に残り、こちらを見ている日和。

「ありがとう」

と彼女が言い、こちらに手を振るのと同時にフェリーが動き出す。

その振動を身体《からだ》に感じながら——船が動き出す力強さを、足の裏から感じ取りながら。俺はどんな顔をすればいいのかわからなくて。どんな反応をすればいいのかわからなくて。

小さくうなずくと、彼女から逃げるように視線を足下に落としたのだった。

第3話 わたし未完成

——俺は今でも、日和《ひより》に恋しているんだろうか。

向島《むかいしま》で、日和に会ったあの日以来。

ぐるぐると考えて、毎回たどり着くのはその問いだった。

『——あの約束……今でも、守ってくれる？』

日和に問われた、あの言葉。そのことについて、俺は一人延々考え続けている。

家にいても、食事をしていても。授業を受けていても、授業をしていても。

常にそのことが頭の片隅に引っかかっていた。

『【天命評議会《てんめいひょうぎかい》】なんていらなくなって、わたしが普通の女の子に戻る日が来たら。そのときは——わたしの隣にいてくれる？』


……一体、どういう意味なのだろう？

あくまで仮定の話？　それとも、本当に【天命評議会】がなくなって、日和が普通の女の子に戻る日が来る可能性があるのか？

俺が知らないだけで世界は混乱を収めつつあり、もしかしたら……元のような生活が戻ってくるかもしれないのだろうか。

……わからなかった。

主観だけで言えば、どう見ても人間社会は今も衰退《すいたい》のさなかにある。尾道《おのみち》の景色だけを見ていても、事態が改善に向かっているとは思えない。評議会がいらなくなる日は、果てしなく遠い未来のことだとしか思えなかった。

……ただ、相手は日和だ。

俺の知らないことを山ほど知っている彼女。だから、もしかしたらどこかでそういう兆候を、摑《つか》んでいるんじゃないだろうか。そういう可能性も、否定しきれないんじゃないか。

それから、日和がなぜそんなことを問うのか。

戦う日和にとって、なんの力にもなれなかった俺。結果として振られてしまった俺。

そんな俺に……『隣にいてくれる？』。

なんで、そんなことを聞いてくるのだろう。

もしかして……まだ、気持ちが残っているんだろうか。

彼女の中に、俺に対する特別な感情が今もあるんだろうか……。

……積み重なった疑問に、自分に都合の良《い》い解釈をしそうになる。

全部を自分本位で捉えて、期待してしまいそうになる。

けれど、これは危ない兆候だ。希望的観測にすがるのは止めた方がいい。きっと、いつか足下をすくわれることになる。

だから、本当に重要なのは、多分この先の問いだけだ。

仮に、日和の問いが現実になる日があるのだとしたら。

何らかの理由で、日和が普通の女の子に戻る可能性があって。

そのうえ、俺に対する気持ちが残っているのだとしたら——。

そう——。


——俺は、どうする？

——俺は、どうしたい？


わからないことだらけの中で、最初にこれだけははっきりさせておかなければいけない。

他でもない、自分自身の意思を。

そのことだけは、条件がどう変化しようと変わらないことであるはずだ。

なのに——、

「……んん……」

小さく呻《うめ》いて、俺は頭を掻《か》いた。

それが……俺には一番わからないのだった。

世界のことはおろか、日和の気持ちはおろか。俺には——俺の気持ちがわからない。

……小さくうれしさは覚えている。

もしかしたら、全てが終わったわけじゃなかったのかもしれない。

世界も、俺たちの恋も、まだどうにかなる道が残されているのかもしれない。

それを考えると、認めよう。俺はうれしさを覚えずにいられない。

これまで味わってきた苦しみの先、ようやく希望が見えるかもしれない。そのことに、久しぶりに肩の力の抜ける感覚がある。口元がほころびそうになる。

けれど——もう一つ、認めざるをえない事実がある。

俺は——怖かった。
かつての恋人であり、今はただのクラスメイトになった日和に——恐怖を覚えていた。

彼女の前に立つだけでそうだった。

その目が俺を向くだけで、みっともないところを含めて全て見抜かれている気分になった。

声をかけられるだけで、心臓にナイフを突きつけられている気がした。

会話に短い沈黙が生まれるだけで、日和が今何を考えているのかと不安になった。

それだけのことで、汗が滲《し》み鼓動が高鳴り、手が震えそうになってしまう。

そして何より——美しさ。

日和は、綺麗《きれい》になった。

会えなかったこの四ヶ月で、ずいぶんと綺麗《きれい》になった。

一層透明に透《す》き通《とお》る瞳と、穏やかな血色の唇。

儚《はかな》く煌《きら》めく髪と、身体《からだ》全体にまとう清廉《せいれん》な空気。

そう——清廉だ。

四ヶ月前、まだ柔らかさや温かみを強く感じた当時に比べて、彼女は透明度を増したように思う。

まるで、景色の中に透き通っていくみたいに。世界全体に溶けていくみたいに。

彼女は触れがたいほどに透明に、清くそこにある——。

俺は、彼女が恐ろしかった。

そんな風に、純度を極限まで高めていく彼女に、恐怖を覚えていた。


——こんなものが、恋だろうか。


「……はぁ……」

一人小さく息を吐いた。

こんな風に怯《おび》えて、ぎくしゃくして、何を言っていいのかわからなくて。

そんな俺の胸にあるこの感情を、恋と言ってしまっていいんだろうか……。

それはもっと別の、何か酷《ひど》くみっともない、情けない名前のついている感情なんじゃないだろうか――。

――そこまで考えて、意識を現実に引き戻す。

目に入るのは――卜部《うらべ》と並んで歩く、小学校までの道のりだ。

大昔からある手作りの石段と、その両サイドを縁取っている家々の塀《へい》、木々――。

今日も俺たちは臨時教師として教壇に立つため、三軒家《さんげんや》小学校へ向かっている。

気付けば、ずっと無言で歩いていた。

卜部と一緒だと、こんな風にもできるから気楽だった。家が手狭になり、一人になれる時間がない今。考え事に浸れるのは、卜部といるときだけ。

今日もまた、二年の皆を前にした授業が始まる。

九九の段を全て終えた今、予定しているのはそれを頭に叩《たた》き込《こ》む反復練習だ。

これまでは様々な豆知識を交えながら楽しくやっていたけれど、ここからは繰り返しが肝になってくる。

大事なのはここからなんだ。全員が、呪文のように九九を最後まで言い切れるようになるまで、ちょっと気合いを入れて頑張《がんば》っていかないとな……。

「……ふう……」

もう一度息を吐き、俺らの向かうずっと先、瀬戸内《せとうち》を隔てた向島を眺める。

傍《かたわ》らでは猫が不思議そうにこちらを見上げ、透明な風が確かな質量を持って木々を揺らしていった。

——結局のところ。

俺は今も、こんな景色を綺麗《きれい》だと思うのだ。

日和が尾道《おのみち》を綺麗だと言ったように、結局俺は今も、こうして眺める向島を綺麗だと思う。

*

「——『三軒っ子まつり』、今年はないのかなー」

教え子である女の子。山梨紗《やまなしさ》良《ら》ちゃんにそう言われたのは、授業の終わったあと。そろそろ高校に戻ろうと考えていたタイミングだった。

基本的に、授業は四十五分が一コマ。

それに対して、地域作業の時間は二時間ほどが割り振られている。移動時間を考えても一時間近く余裕があるから、授業後はこんな風に生徒たちと話す時間を取るようにしていた。

小学校側も、こういう交流を重要だと考えているらしい。俺たちが学校に戻ってから帰りの会を開き、帰宅という流れにしてくれているようだった。

こんな社会情勢で、学校が学童のような機能を持ち始めていることも、理由の一つとしてあるんだろう。

「『三軒っ子まつり』かー、懐《なつ》かしいな」

騒がしい教室の中。

紗良ちゃんの口から出たフレーズに、俺は小学校の頃を思い出しつつ言葉を続ける。

「僕も出し物やったなあ。オリジナルの劇。海賊船《かいぞくせん》の船長役やって……」

『三軒っ子まつり』というのは、文化祭の小学生バージョンみたいなものだ。

体育館に作られたステージで合唱したり、演劇したり。それぞれの教室で何かの学習成果を掲示したりと、二日間に亘《わた》って児童たちの発表が行われる。

他にも、保護者たちが主体となって開かれるバザーがあったり、給食が食べられる食堂ができたりと、期間中は地域全体が盛り上がったものだった。

特に俺にとって印象深いのは、四年生のときにやった演劇の船長役だ。

舞台上で歌った歌は今でも覚えているし、家の居間の戸棚には、そのときの写真が飾られている。

けれど、

「えー！　似合わない！」

紗良ちゃんと一緒にいた三木《みき》くんが、そう言ってぎゃははと笑う。

「頃橋《ころはし》先生、船長って感じじゃないよー！」

「え、そう？　結構先生たちとか、保護者には好評だったんだけどな……」

かなり気合いを入れて演技したのだ。

最初は恥ずかしかったけれど、照れながらやるのが一番恥ずかしいのだと気付いた当時の俺は、途中で本気モードに切り替えた。結果、同級生の中でもあからさまにテンションの高い演技になり、そういうのが大好きな教師、保護者たちは大喜びした。

ちなみに、卜部はそのとき魔法使い役。彼女のテンションの低さがそれはそれで役に合っていて、そっちもまた好評だったのを覚えている。

「えー、でもあんま強そうじゃないもん、頃橋先生！」

「……まあ確かに、強くはないなあ。じゃあ、どういう感じの役なら合いそう？」

「うーん……」

と、三木くんは腕を組み考えてから、

「あ！　博士とか!?」

「ああ、それはそれでかっこいいね。やってみたいな……」

「あとはなんか、漫画家とか作家とかも合いそう！」

「おお、それもいい。なんかうれしいな……！」

「……へえ。俺、そういう印象なんだ。

博士に漫画家に作家。うん、なかなか悪くない役回りだ。ちょっとにやけてしまう。

なんかそういう、知的だったりクリエイティブだったりする仕事には、今も憧《あこが》れがあるよな。

だから教師っていう仕事も、知的な印象があって前から良《い》いなと思っていた。まあ、実際は知的っていうよりかなり肉体労働に近かったのだけど。

……なんて、いつまでもそんな話もしていられない。本題に答えないと。

「……で、今年の『三軒っ子まつり』だけど」

話を仕切り直すと。

俺は紗良ちゃん、三木くんを始め、周りにいるみんなに正直なところを伝える。

「やっぱり……ちょっと難しいだろうね」

──一発で、表情が曇《くも》った。

それまで無邪気に笑っていた皆が、俺のそのひとことで一気に静まりかえる。

予想していたこととは言え、その反応に心苦しいものを覚えつつ、

「生徒も先生も減っちゃったし、保護者の方も皆忙しいからさ……」

言い訳みたいな口調で俺は説明を続ける。

「授業しっかりやるので精一杯《せいいっぱい》だから……ごめんね。多分厳しいと思う……」

「……えーそうなのかー」

「楽しみにしてたんだけどなー」

「……うん、そうだよね」

俺だって、子供のときには毎年楽しみなイベントだったのだ。

具体的に何が、というよりは、特別な日があるのが楽しかった。お祭りの雰囲気と、浮かれた人たち。そんな景色の中にいるのが好きだった。

「せっかく病気もなくなったのにー」

「紗良もピアノ弾きたかった」

皆の表情がどんどん曇っていく。

紗良ちゃんは、口調こそおっとりしているものの泣きそうな表情だ。どうやらこの子はピアノが得意なようで、教室でも片隅にあるオルガンを時々弾いてみせてくれていた。

それがなんだか――申し訳なくて。

自分が味わうことができた楽しみを、小さなこの子たちに与えてあげることができないのが心苦しくて、

「……まあでも、今後はどうなるかわからないからね」

俺は考えなしに、そんなことを口走ってしまう。

「今年は無理でも、色々改善すれば、またできるようになるかもしれないから……」

「……そうなの!?」

皆の顔が、ぱっと明るくなった。

「ほんとに、またできるようになるの!?」

「でも、そうだよね。きっとそうだ！」

「今だけかなー、難しいのは」

「三年生になったら、またできるよね！」

「……うん、そうだな」

気圧《けお》されるようにして──笑ってしまってから。

彼らのテンションに流されるように肯定してしまってから、俺は激しく後悔した。

……しまった。俺は何を言ってるんだ。

別に、来年になれば祭りをできる保証なんてない。というよりも……かなり難しいだろう。

あと一年で『三軒っ子まつり』をできるほど世の中を立て直すなんて、現状を考えれば無茶《むちゃ》な話だ。むしろ、状況がさらに悪化して開催が遠のくと考える方が、自然じゃないかとすら思う。

けれど、

「楽しみだねー」

「できるといいなー」

──すでに期待してしまっている。

みんなは、俺の無責任な言葉で、そのうち『三軒っ子まつり』をできるようになるはずだと思い込んでいる――。

「……」

そんな彼らに、それ以上なんと言えばいいのかわからなくて。

ここからどんな風に取り繕《とつくろ》えば良いのかわからなくて、

「まあ、まつりはあれとして！」

俺はそんな風に、話を逸《そ》らすことしかできなかったのだった。

「今は九九を覚えるのが先だからね！　みんな、時間あるときに復習してみてね！」

*

「――あああ〜やらかしたあぁあぁ〜……」

小学校を出て、戻ってきた高校の教室。

すでに戻っていたいつものメンバーの輪に加わると――俺は、頭を抱えて呻《うめ》いてしまった。

「失敗した……俺、なんであんなことを……」

まあ、凹《へこ》んでいた。

久々に、こんなに留保も何もなく凹んでいた。

ストレートに、やらかした。なんの罪もない子供に偽物《にせもの》の期待を抱かせてしまった。

そりゃまあ、誰かに嘘《うそ》をついてしまうことはあるけれど。傷つけてしまうことだってあるけれど、今回は相手が子供なんだ。

あんな風に、その場の雰囲気に流されて適当なことを言うべきじゃなかった……。

「お、おいどうした頃橋！」

「な、なんか授業でミスでもしたの……？」

いつの間にか、ずいぶんとたくましくなった大橋《おおはし》と橋本《はしもと》が。

がれきの撤去作業で身体《からだ》の引き締まった二人が、気《き》遣《づか》わしげに尋ねてくる。

「俺、みんなに……無責任に期待を……あああ……」

「……なんかねー」

うまく説明できない俺に代わって、卜部が苦笑気味に話し始める。

彼女には、帰り道で散々自分のしてしまった愚行を嘆いてあった。

「生徒に『三軒っ子まつり』……文化祭みたいなのやらないのかって聞かれて、今は無理だけどそのうちできるようになるかも、って言っちゃったんだって。どう考えても、あと何年かは絶対無理なのに……」

「あーなるほど……」

「期待って、そういうことか……」

「で、子供たちすごい喜んじゃったみたいで。そうなるともう、訂正もできなかったみたいでさ。それで深春《みはる》、凹んでんの」

「……う、うぐ……」

改めて説明されると、やらかしたことの酷さを再認識してしまうな……。

ああ、戻りたい。できることならあの会話最初からやりなおしたい……。

まさか、授業じゃなくてあんなところで失敗するなんて……。

「そりゃやらかしたねえ！」

そして、そんな俺に天童《てんどう》さんがからっとした声で言う。

「まるで全然気もないのに、男キープし続けるやな女みたい！　あははは！」

「……う、うおお……」

その言葉が、胸にグサッと突き刺さる。

いや……多分元気づけようとしてくれているのだ。

天童さんは俺を凹ませたいんじゃなくて、明るいテンションで俺のミスを笑いに変えようとしてくれている。

でも……ちょっと笑えねえ……。

俺、子供たちにそんな極悪なことを……。

「……や、しゃあねえよ頃橋くん！」

そんな俺に焦ったのか、梶くんが慰めに参戦してくれる。

「だって、実際来年まつりやれる可能性はあるだろ！　ほら、なんかウイルスは入ってこなくなったわけで！　……まあ物資も入ってこなくなったけど。食料も、大分自分たちで作れるようになっただろ！　……まあ、ギリ自給自足できそうってくらいだけど」

――トーンダウンしていく。

梶くんの声が、言葉を続けるほどにすごい勢いでトーンダウンしていく。

さらに――、

「電気ない分他の燃料も検討されてるし、ネットない分口コミで情報来るし……。まあ、ガソリンも灯油も尽きかけだし、情報もデマだらけだけど……まあ……来年も、生活はできるくらいではあるだろ、多分……」

……いや、結論までトーンダウンしてるじゃねえか！

来年祭りやれるだろ！　から、多分生活はできるだろ、までトーンダウンしてるじゃねえか……。

……まあ、でも現実そんなところだよな。

多分、来年も生活はなんとかできるんじゃ、くらいというか……。

「ていうか、俺らもなんの通達もないけど、文化祭諦《あきら》めてたしな」

さらに大橋が、ぽつりと寂しげにそう付け加えた。

「できるはずないって、わかりきってた感じだしな、みんな……」

「……確かに」

橋本が、大橋の話にうなずく。

この高校の文化祭は、例年五月に行われる。今現在四月で、もうあとその時期まで一ヶ月ほどだ。

けれど、これまで一度もそんな話が出なかったし、実際俺も大橋の言う通り、当然やらないものだと思い込んでいた。そんな話題すら出たことがなかった。

「……やっぱり無理だよなあ」

固形物でも吐き出す気分で、俺はつぶやいた。

「こんなんで、来年開催は……さすがに無理だよな……」

六人の間に、気まずい空気が下りる。

そこでようやく、俺は小さく焦《あせ》りを覚えた。

しまった……俺、生徒たちに対してだけじゃなく、ここでもミスったか？

雰囲気、微妙な感じにしちゃったか……？

あーもう、今日はどこまでやらかすんだ。もう、黙っていた方がいいだろうか。

持ち直すまで、しばらく俺完全に無言で過ごそうかな……。

――けれど、

「……あれ、でもわたし見たな」

卜部が——ふいにそんな声を上げる。

「ん？　何を？」

「太平洋戦争中の、終戦一年前にお祭りがあったって話」

首をかしげる天童さんに、卜部がそう答えた。

「なんか、物資とか全然ないんだけど、住民で頑張って準備して、派手にお祭りやった、みたいな」

「……へえ、そうなんだ」

歴史好きの橋本が、ややテンションの上がった様子で声を上げた。

「終戦一年前ってことは、四十四年だよね。国内の娯楽とかお祭りとかは、大分控えめになってた印象だったけど……」

「うん、そう。基本的には娯楽系は禁止だった時期だね。だから表向きには、国威《こくい》発揚《はつよう》みたいな名目でやったんじゃなかったっけな」

「……詳しいね」

梶くんが、意外そうに目を丸くして卜部に言った。

「絵莉《えり》そんな、歴史とか好きだったっけ。むしろ、暗記系のは苦手だったイメージあるけど」

「うん、苦手だよ」

あっさりと、卜部はうなずいた。

「けど、今わたし小学校で国語教えてるんだけど、もっと色んな教科教えられるようになりたいなと思って。ちょこちょこ歴史の本とか読んだり、教科書見直したりしてるの。ほら、深春の家。お父さんの本棚にそういう本あるから、それも読んでるんだよ」

「……え、そうだったのか」

確かに、俺の父親は歴史好きだ。

城好きでもあり世界がこんな風になる前は、時折店を休みにして夫婦で日本各地の城を見る旅行に出かけたりしていた。そんなとき、決まって俺は卜部家に預けられるので、それが楽しみだったりもした。

「で、思ったんだけど……」

と、卜部が俺の方を向き、

「やっちゃえばよくない？」

あっさりと、そんな風に言った。

「『三軒っ子まつり』というか……もうさ、この学校の文化祭も、ついでに中学も誘って一緒にやっちゃえばよくない？」

「……え、ええ……」

最初に声を上げたのは——梶くんだった。

彼は形の良い眉を怪訝そうに寄せ、

「小学校のだけでも大変そうなのに、中高一緒に？　さすがに無理じゃない？」

周囲で、橋本と天童さんがうなずいた。

態度にこそ出さなかったけれど、俺も同じ感想だ。

そもそも『三軒っ子まつり』をやること自体が難しい中、さらに規模を大きくするなんて無謀にもほどがある。

けれど、

「や、多分そっちのが効率よくやれると思う」

卜部は落ち着いた顔のまま、端的にそう言う。

「まず会場を小学校内で統一して、実行委員も全体で一つにするの。確かに、それぞれの学校の先生とか有志だけじゃ文化祭なんて無理だけど、そうやって全体から集まればそこそこの人数になりそうでしょ？」

「ああ、それは確かに……」

存外説得力のある話に、俺はうなずいた。

確かに、今小学校にいる先生の人数で『三軒っ子まつり』を運営するのは無理だろう。けれど、そこに中学、高校の先生や有志も加われば、それこそ結構な規模の実行委員になりそうだ。ちょっとした文化祭くらいは、できるのかもしれない。

「……というか」

と、そこで俺は気付く。

「生徒の数的にもその方がいいのか。ほら、学校来れる子供って減ってきてるだろ？　だから、各学校ごとにやったんじゃ出し物とか少なくなるし、ちょっと寂しくなりそうだけど……小中高一緒なら、そこそこ盛り上がりそうだもんな」

「……あー、それなら！」

と、天童さんがうれしそうに顔をほころばせる。

「結構地域の人も、集まってくれそうだよね！　ほら、わたしが地域作業で行ってる老人ホームね、なかなかお孫さんにも会えなくて、寂しい思いしてるおじいちゃんおばあちゃんも多いんだよー。そういう人たちも、小中高集めたお祭りだったら来てくれそうだし、楽しんでくれそうかも！」

「……はー、なるほど！」

盛り上がっていく話に、大橋がなんだかハイテンションな声を上げた。

「あれ、なんかそれ、やれそうな感じじゃね？　ちょっとマジで、先生とかに提案してみても良いんじゃね!?」

「だね……うん。なんか現実的な気がしてきたよ。やれそうっていうか……」

橋本がそれに続き、彼は卜部の方を見ると、

「……よくこんな良いアイデア、急に思い付いたね」

心底感心した様子で、彼女を褒《ほ》め称《たた》えた。

「びっくりだよ。僕全然、そんなことできるなんて思いもしなかった……」

同感だった。

どうしたんだ卜部。こんな急に、そんなこと思い付けるタイプだったっけ、お前……。

「……あー、実はさ」

と、卜部はなぜか照れたように頬を掻《か》き、

「こういう話……小学生の弟とちょこちょこしてたんだ。最近しんどいことばっかりだし……なんか、みんなで元気出せるようなイベント、できないかなって」

「え、そうだったんだ……」

一つ屋根の下にいるのに、全然気付かなかった。

そりゃまあ、ずっと一緒にいるわけでもないし姉弟だけで会話することもあるだろうけど、まるっきりそんな気配は感じてなかった……。

「あー、まあね……」

と、なぜか卜部はちょっと口ごもり、

「凜太《りんた》……あんまり深春の前では、落ち込まないようにしてるから。あいつなりに、やっぱり最近ちょっとキツいらしくて。その相談乗る感じで、そういう話題になってさ……」

「……そう、だったんだ……」

うなずきながらも、考えてみれば当たり前のことだろうと思う。

小学生にして、両親を失ってしまった。そのうえ以前住んでいた家を離れ、知人の家で生活することになった。

それが辛《つら》くないはずはないし、ストレスが溜《た》まらないはずがないだろう。

いつも俺の前では飄々《ひょうひょう》としているから、そんな気がしていなかったけれど。タフで落ち着いているなと感心してばかりだったけれど、それはやっぱり、無理していたんだ。

凜太も、ああ見えて一人の小学生で。この状況に、傷ついて落ち込んで、辛《つら》い思いをしている——。

「……やってみようか」

そう口に出しながら——はっきりと、自分の胸に意志が宿ったのを感じる。

「マジでその文化祭……実現に向けて動いてみようか」

俺は——そう言って周囲の面々に目を向ける。

「ほら、発端は俺だからさ。俺のミスが原因だから、まずは色々俺が確認してみるよ。田中《たなか》先生に話して、小学校と中学校にも相談に行って、まずはそういうのから」

そう。元はといえば、俺のミスのせいなんだ。

俺が適当なことを言ってしまったせいで、話がここまで発展した。

なら——まずは俺が手足を動かしたい。本当にやれそうか、探り始めてみたい。

「そのうえで、もしいけそうだったら……皆にも、協力してもらえないかな？」

俺は、皆にそう尋ねる。

「俺だけじゃ、できること限られてるし、得意なことそうじゃないことあるし。だから、みんなも力を貸してくれるとありがたい」

——その呼びかけに、皆は一瞬の間を空けてから。

お互い目を見合わせる、短い瞬間を置いてから、

「——しょうがないなあ」「もちろんやるぜ！」「僕も参加したい……」

「わたしもわたしもー！」「当然、参加するよ」

そんな風に——うなずいてくれたのだった。

「……ありがとう、すげえ助かるよ。これだけいればなんとかなりそうだな」

……久しぶりに感じた、前向きな希望だった。

建設的な何かを始めたのは、ずいぶんと久々のことかもしれない。

ただ、

「じゃあ、まずは一旦……田中先生辺りに相談に行ってくるよ」

そんな風に、動きの第一歩目を考えながら。

「で、ＯＫもらえたらそのあとの手順考えつつ、みんなで準備を始める感じで——」

――今回の混乱をきっかけに集まった、この六人。

以前の世界だったら、結束することさえなかったバラバラのメンバー。

俺はどうしても……その中に、以前はいたもう一人を。

今も参加できていない彼女のことを考えてしまう。

「や、それだったら俺らも着いてくって」

「あーね！　わたしも行く！」

「マジか！　ありがとう！」

「おし、じゃあ早速……って、田中先生今どこいるだろ？」

「まず職員室見てみようかー」

そんな風に言い合い、教室を出ながら。俺は、廊下の窓の向こう、雲の多い空を見上げる。

放課後になると、誰よりも先に教室を出てしまう彼女。

クラスでは当たり前に周囲と接しているのに、授業が終わると、触れられない一線の向こうへ帰ってしまう日和。

今――彼女は世界のどこにいるんだろう。

何をして、どんなことを考えているんだろう。

無意識のうちに、俺はそんなことを一人思ってしまう。

＊

「――難民と現地住民の間で、トラブルが噴出しています」

――とある災害が予測される地域。

そこに住む全員に、避難とその後の隔離生活を『お願い』した帰りのヘリで。

安堂《あんどう》さんが、手に持った書類を見ながらわたしにそう報告する。

「隔離が終わった地域から順に難民の行動範囲が広がって、いざこざが起きています。[redacted]と[redacted]を始め、報告があった地域は十一。[redacted]では暴動発生。武力による鎮圧《ちんあつ》もできず、被害が拡大しています。隔離自体に穴があり、感染が拡大した地域もあります。帰国次第、そちらの対応の検討に入らせてください」

片手で器用にページをめくり、インカム越しにそう言う安堂さん。

以前はタブレットPCで書類の管理はしていたけれど、昨今の電力事情やネット回線の問題も踏まえて、前時代的な紙の書面を使う機会が評議会でも増えている。

PC普及前から仕事をしていた安堂さんはずいぶんと慣れた様子だけど、わたしや志保《しほ》ちゃんを始めとした若手世代は、どうにもやりにくくて指に切り傷をいくつも作ってしまっていた。

「……わかりました」

短くうなずいて、わたしはヘリの向こうに視線を戻す。

今飛んでいるのは、東南アジア上空辺り。

以前のように街の灯《あか》りが見えることもほとんどなくて、眼下には面白みのない漆黒《しっこく》の夜が広がっている。

最近は、学校以外の時間はこうして世界を飛び回ってばかりだ。

睡眠も基本移動中のみで、眠りが浅いせいか頭の回転に支障も感じる。

——学校に行くのをやめれば、もう少しまともなスケジュールで行動できるんだろう。

寝る時間も休憩の時間も確保できるだろうし、歩きながらご飯を食べなくても済むのだと思う。

そうするべきだ、と考えている評議会メンバーもいるはずだ。

わたしたちの行動は、世界全体に影響する。

だとしたら、リーダーであるわたしが個人的な感情で、学校になんて通うべきではないと。

その意見には、一定の説得力があるとわたしも思う。

けれど、

「……それから、こちら」

安堂さんから、もう一つ書類が渡される。

現在の、世界全体の様々なデータ、懸念《けねん》をピックアップしてもらっている書類。

世界の全人口は、最大時の[redacted]%。

ウイルス新規感染者数は[redacted]万人で天井に達した感があるけれど、むしろそれは全人口の減少が原因だろう。

他にも、各国（ほとんどが機能不全に陥《おちい》っているけれど）の実質GDPや残存人口。死者数の内訳や出生数、総生産やもろもろの数字。

――そして、ずっと追っている。

もうずいぶん前から注視している、ある災害の兆候について。

「……なるほどね」

結局――結末は変わらないのだ。

わたしたちがどう動こうと、最後は等しく皆にやってくる。

そのことは、どうしたって変わらない。

だから問題は、それまでどう行動するか。どんな風に毎日を過ごすかでしかない。

だからこそわたしは、評議会メンバーにも自由な活動の参加を許している。

最低労働時間は定めていない。好きなときに加わり、好きなときに抜けて良い。

つまり――それぞれの人生を生きて欲しいと思っている。

結局のところ、わたしたちにできることなんて、もうほとんど残されていないのだから――。

——数時間が経《た》ち、ヘリが日本についた。

評議会が利用しているビル。その屋上へリポートで下り、階下の会議室へ向かいながら……

ふと思い立ってポケットからスマホを出した。

通知がいくつか。深春くんから複数のメッセージが来ている。

最近は、めっきりＳＮＳの書き込み系サービスも動かなくなってきているけれど、たまに届くこともあるのだ。どうやら、溜《た》まっていた何日か分のメッセージが、ちょうどさっきまとめてわたしに届いたところだったらしい。

ロックを解除して内容を確認する。

頃橋深春『みんなで、文化祭みたいなことやろうって話になった』
頃橋深春『準備とかも自分でやるんだ』
頃橋深春『小中高の学校、全部合わせて一緒に』
頃橋深春『ていうか、このメッセージ届いてるのか？』
頃橋深春『届いてないっぽいな』
頃橋深春『今日は届くか？』
頃橋深春『届かないな』

頃橋深春『まあいいや』
頃橋深春『昨日書いた件。文化祭のことだけど』
頃橋深春『みんなでやるから、日和もよければ参加してよ』
頃橋深春『準備からでも、当日客としてでもいいから』
頃橋深春『ごめん、昨日言った件。気が向けばでいいから』
頃橋深春『日和も忙しいだろうし』

——頬《ほお》が緩んだ。

長いヘリ移動と睡眠不足で軋《きし》んでいた胸に、小さく温かみが宿る。

まずは、うれしかった。

約束の話をしてから、彼とは何度かやりとりをしている。教室で、皆のいる前で、会話のちょっとした流れで数回ほど。

けれど、こんな風に二人だけの場面で、彼から話しかけられたのは久々で。ああ、よかった。あの約束の話で、距離を取られたわけではないのだとようやく実感できた。

きっと彼は、今も考えてくれている。わたしが突き付けてしまった、あまりに身勝手な問いのことを。

――それから。

「文化祭かあ……」

メッセージ内のその単語にも、一人ほほえんでしまう。

「いいなあ、文化祭……」

そんなに楽しい単語を、久しぶりに聞いた気がした。

今の生活で耳に入るのは、切迫していく世界情勢と災害、紛争に関する単語ばかり。

あとは、学校の授業で耳にする、教科書の生真面目な言葉たち。

けれど――文化祭。うん。楽しそうだ。みんながそういうことを企画していること自体が、わたしにとってもうれしいことだと感じる。

準備は……確かに参加できそうにない。

できればわたしも、皆と一緒に文化祭を作りたいけれど、ただでさえ時間がない中でそこまですることはできない。

ただ、

「行きたいなあ……」

お客さんとしては。一般参加者としては、当日加わることができればいいな、と思う。

頃橋くんに、その旨《むね》を返信してスマホをしまう。

そして――ふと思い出す。

巴橋くんに、告白したこと、付き合って欲しいとお願いしたこと、
それもこれも全て、手の中にある書類。

そこで示唆《しさ》されている、とある災害の兆候が摑《つか》めたことがきっかけだった。

それを知ったわたしは、落ち込んで悩んで考えて考えて、彼に告白しようと決意したんだった。

「……ふふふ」

階段を下りながら、わたしは笑う。

「……どうしました？」

安堂さんが、怪訝《けげん》そうに尋ねてくる。

わたしはちょっと考えてから、

「……うれしいお誘いがあって」

と彼に答えた。

「楽しみな予定ができて、幸せなんだ」

「……そうですか」

とうなずきつつも、安堂さんは不安げな顔をしたままだった。

―第4話― ――叶わない願い

「――冗談じゃない」

文化祭開催を目指そう、と話した翌々日。

俺たちの活動は――三歩目にしてつまづいていた。

「授業どころか、生活さえままならない人もいる状況なんです。それを、文化祭なんて……」

三軒家《さんげんや》小学校に次いで、訪れた土堂《つちどう》中学校の職員室で。

教頭である細身の壮年男性、勅使河原《てしがわら》先生は、俺たちの提案に憎々しげに顔を歪《ゆが》めていた。

彼は、もう一度俺たちの企画書に目を落とすと、

「まったく……ふざけるのも大概《たいがい》にしてください」

駄目押しみたいにそう吐き出す。

「しかもこんな……大々的な……」

――反発されていた。

これ以上なく、明白に反発されていた。

思わず――一緒に説明に来ていた卜部《うらべ》と顔を見合わせた。

……渋《しぶ》られる可能性は考えていた。

小中高合わせての文化祭なんて前代未聞《ぜんだいみもん》だし、手間がかかるのも間違いない。

去年からの世界の変化を考えれば、これまでなかったリスク管理が必要になるだろう。

けれど、

「ということで、土堂中学校としては当然参加しません。それだけでなく」

言って、教頭先生は企画書を俺たちに突き返してくる。

「開催自体に、強く反対します。それでも強行すると言うのなら、市の教育委員会にかけあって止めさせます。今我々は、そんなことにうつつを抜かしている場合ではないんだ」

……まさか、ここまで強硬な態度を取られるなんて。

こんなにも、強烈な反発を受けるなんて考えてもいなかった……。

ただ……考えてみれば。昨今、尾道市内《おのみちしない》でもこの社会情勢に、極端な反応をする人も増え始めていた。

例えば、日本復興のため尾道市内《おのみちしない》で決死隊を結成し、周囲の調査に乗り出すべきだ、というような人。

この状況がいつまで続くかわからないのだから、共産主義社会を手本として厳格な配給制度を作るべきだと主張する人。

全ては神の思《おぼ》し召《め》しなのだから、これを機に文明を放棄《ほうき》すべきだ、という人やら、相変わらず以前からの陰謀論にすがっている人。

そして——俺自身も。

そういう反応をしてしまう気持ちは、正直なところ理解できるのだ。

あっという間にそれまでの当たり前が当たり前でなくなった。

一年もかからないうちに世界は大混乱に陥り、きっと見えないところでは数え切れないほどの命が失われている。

そのことに対してどう反応すればいいか、どの程度対処すればいいかなんて誰もわからないし、極端なくらいの対抗策を練らなきゃいけない、と考えるのは、それほどめちゃくちゃな態度でもないと思うのだ。あとになって振り返ってみれば、彼らの方が正しかったのだと思うのかもしれない。

……けれど、

「そこをなんとか……ご理解いただけないでしょうか」

そんな風に食い下がったのは——意外にも卜部だった。

「先生のおっしゃることは、よくわかります。それでも、そんな時期だからこそ必要なイベントだと思うんです」

同感だった。

俺は——こんな「ハレの日」が、必要なんじゃないかと感じるのだ。

卜部の読んでいるという、歴史の本。それをちらっと俺も読んでみて、改めて確信した。彼女が言っていた戦時中の祭りはもちろん、神話の時代から、それこそ有史以前から人々は、日常に時折イベントを挟みながら暮らしてきたようだった。

祭りや儀式として痕跡《こんせき》が残っているものはもちろん、もはや記録が失われてしまったものもだとしたら、それは多分本当に人間に必要なものなのだ。本能的に欲《ほっ》しているものなのだ。

そして、それを俺たちの生徒である、小学生が求めている。

なら、なんとかして俺はそれを用意してあげたい。彼らに「楽しみな日」を作ってあげたいと思う。

それでも、

「……子供にはわからないかもしれませんが」

勅使河原先生の態度は一向に軟化しない。

「我々は、まさに歴史の転換点にいるんです。最悪の事態を想定しながら生きていかなければならない。なのに文化祭など、現実が見えていないとしか思えません」

さらに彼は。勢いがついてしまったのか、勅使河原先生は憎々しげに口元を歪《ゆが》め――、

「まったく……いつまで平和ボケしているんだ」

もはや見下すような視線を、卜部に向けていた。

「少しは不幸な目に遭《あ》った人の気持ちも、考えてみたらどうなんだ……」

――その言葉で。

勅使河原先生のそのセリフで――ぐらりと頭が熱くなった。

冷静でいようと思っていた。こちらは無茶をお願いする立場だ。かっとなっても意味がない

し、落ち着いた説明をしなければと思っていた。

でも──平和ボケ？

卜部が、どんな気持ちで毎日を過ごしていると思っているんだ。

家族を失って、生活が一変して、それでも弟と必死に日々を乗り越えているこいつが、どんな気持ちで──。

「……何がわかるんですか」

気付けば、そう口に出していた。

「こいつだって……卜部だって色々あるんです。そんな中でたくさん考えて、文化祭を思い付いたんだ」

眉間のしわを深め、勅使河原先生がこちらをにらむ。

けれど──俺はひるまない。言葉が勝手に口からこぼれ出す──、

「別に、断るのは構いません。それでも！　平和ボケとかそういうことは──」

「──ストップストップ」

──卜部が、俺の話を遮った。

「落ち着いてよ深春《みはる》。揉《も》めてもしょうがないよ」

言いながら、影で俺の手をぎゅっと握る卜部。

それで、わずかに冷静さを取り戻した。

怒りは消えない。目の前でこちらをにらみ続けている勅使河原先生。この人が卜部にかけた言葉を許そうとは思えない。

けれど――ここは、卜部の言う通りだ。

感情任せに声を荒げたところで、俺たちにメリットは一つもないんだ。

俺は大きく息を吸い込むと、

「……すみませんでした」

短くそう言って、勅使河原先生に頭を下げた。

それが合図だったように、卜部は企画書をかばんにしまい、

「一度、持ち帰って検討させてください」

「……検討したって、どうにもならないですよ。そんなことより、地域への貢献《こうけん》をもっと考えてください」

「……わかりました。失礼します」

頭を下げ、まばらに人のいる職員室を、卜部とともに出る。

廊下を歩き、昇降口へ向かいながら、俺はひとまず大きく深呼吸した。

頭にわだかまった熱を、少しでもいいからクールダウンしたい。

昇降口につく頃にはずいぶん気持ちも落ち着いていて、

「……ごめん、キレそうになっちゃって」

靴を履きながら、俺はさっきのことを卜部に謝った。

「止めてくれて助かった。あのままケンカになったら、よけい説得しづらくなるだけだったわ……」

「んーん、いいよ別に」

けれど、卜部は存外軽い口調でそう言う。

「むしろ、ちょっとうれしかった。ありがと」

「いや、まあ……いいんだけどさ」

「……それで、どうする？」

言って、卜部は困り果てたように息を吐く。

「どうやって、ここからあの人説得しよう」

「うん、そうだな……」

問題はそれだ。

どうやって勅使河原先生を説得するか。

協力はしてもらえないまでも、せめて文化祭の開催を許してもらえないと、話を先に進めることができない。

「うーん……」

俺[illegible]組み、考え込む。

けれど……どうしても、アイデアが浮かばない。

彼が言うことは、筋が通っているのだ。俺だって間違っているとは強く主張できないし、同じように考える大人《おとな》は少なからずいるだろう。

じゃあ……どうすれば、考えを変えてもらうことができるのか。文化祭に、賛同してもらえるのか……。

……そんなことを、ぐるぐる考えていて。

俺はどうしても、とあるアイデアを思い付いてしまう。

『お願い』だ。

日和《ひより》に頼んで、勅使河原先生に「文化祭の開催を許可してください」とお願いしてしまうのだ。これなら、問題は一発クリアだろう。なんの心配もなく文化祭準備を進めることができる。

ただ……、

「……何考えてるんだ、俺」

思わず、一人小さくそうつぶやいた。

彼女の力を、そういうことに使うなんて。四ヶ月ぶりに戻ってきた彼女に、そんなことをさせるなんてありえない。

頼めば、引き受けてくれる気がする。ラインの感じでは、日和も文化祭を楽しみにしてくれているようだった。きっと、「うん、やってみる」とうなずいてくれるだろう。

それでも――あんな風に別れてしまって。お互い『お願い』の存在に酷《ひど》く翻弄《ほんろう》されて。今さらどの面を下げて、日和にそんなことを頼むと言うんだろう。

「まあでも、一旦皆に報告するかー」

校舎を出て、珍しく疲れを滲《にじ》ませ卜部が言う。

ちなみに今日は、俺たちは自分の授業を受けたあと小学校で授業をし、さらにその後にこの土堂中学校に来ている。疲れるのも当然ではあるけれど、今後も文化祭の準備はだいたい同じようなタイミングでやることになると思われる。かなりの体力勝負になりそうだ。

「みんなもそろそろ戻ってきてるだろうし、そこで相談してみよう……」

「……そうだな」

これ以上、二人で悩んでいてもしょうがない。

まずは皆に報告して、今後の方策を練っていこう。

うなずき合うと、俺と卜部は学校に向けて歩き出した。

＊

「――うわ、これ美味《うま》！」

「ね、すごい瑞々《みずみず》しい、……」

「でしょ？　ホームのみんなで育てたんだよ！」

いつものメンツと、学校で合流したあと。

ちょっと気分を変えようとやってきた公園で、俺たちは天童《てんどう》さんのくれたきゅうりを囓《かじ》っていた。

「素人《しろうと》が育てたからおいしくないかも、って言ってたんだけど、食べてみたら思いのほかいい感じでね。お友達に配ってあげてって、お裾《すそ》分《わ》けしてもらったんだ！」

「へえ……そりゃありがたい話だな」

うなずきながら、俺はもう一度そのきゅうりを口に入れる。

確かに、以前八百屋で売っていたようなきゅうりに比べると、多少荒々しい味がするかもしれない。濃い土の匂いと鼻につく青臭さ。そして、その向こうにあるこぼれ落ちそうなほどの瑞々しさ。

以前の俺だったら、癖の強さに驚いていたかもしれない。けれど、ホームで暮らすお年寄りたちが育てたと思うと、なんだかその癖も特別で価値があるものに思えて、妙に味わい深く感じてしまう。

――こんな風に。尾道市内《おのみちしない》では、各家庭や自治体で農園を作ることが増えてきている。食料の流通が不安定な今、リスクヘッジを考えても自分たちの手元で食べ物を生産できる方がいい。

俺が暮らす町内会でも、神社の境内の一部をお借りして、農園を作る作業が始まっているようだった。

「……で、そうそう絵莉《えり》たちはどうだったの？」

天童さんが、きゅうりを齧《かじ》りながらこちらに首をかしげてみせる。

「中学の方の交渉、どうだった？」

「……あー、それがさー」

口をへの字に曲げ、卜部が説明を始める。

勅使河原先生から反対を受けたことや、その態度の頑《かたく》なさ。

対策を考えているけれど、いまいちアイデアが出てこないこと。

「うぇーマジか！　ここに来て、ガチ反対……？」

天童さんが、その報告にガクリと肩を落とす。

隣で聴いていた梶《かじ》くん、大橋《おおはし》も、

「田中《たなか》先生と小学校は、二つ返事だったのになあ……」

「みんなむしろ大歓迎だったんだろ？　こんなに、反応に差があるのか……」

二人の言う通り、中学校の前に相談に行った田中先生と、授業のついでに話をした小学校では、文化祭案は大歓迎で迎え入れられた。

田中先生は、

『おお、良《い》いアイデアじゃないか！　もちろんOKだ！』

『……ちなみにそれ、俺も出し物しちゃダメか？』

『カラオケ。ステージ作って歌うんだよ！』

『いや、実は歌には自信があってな……。え、電力的に無理？』

『そうか……まあそうだよな……』

なんて、自分まで出演側として出る気満々だった。

まあ、さすがにカラオケはこのご時世難しいけれど……その姿勢自体はうれしい。

『とにかくＯＫだから、是非進めよう！　俺が顧問になるから、相談しながらやっていこうな！』

続いて向かった小学校でも、反応は田中先生に近いものだった。

『まあ素敵！』

『もちろん大賛成です！』

『本決まりになり次第、一度きちんと話し合いしましょう！』

……きっと、みんなそんな風に楽しめる日を望んでいたんだ。

望んでいたのに、なかなか動き出せずにいた。

そんな空気を肌で感じたからこそ、俺たちもモチベーションが上がっていたし、中学でも好感触だと思ったんだけどな……。

「……とりあえず、田中先生に相談してみよう」

これ以上、悩んでいてもしょうがないと判断したらしい。

その件については、梶くんがそんな方向性を打ち出してくれる。

「これ以上俺たちで動くよりは先生に報告して、可能なら交渉に行ってもらった方がいいだろ。ちょっとそこまで反対されると、大人の領域になってくる気がする。で、そっちが固まるまでは、小学校の方にもその旨《むね》伝えて準備するにしても動ける範囲で、ってするのがいいんじゃないかな」

「……だなー」

「そうだね、そうしよう」

ちょっとトーンの落ちた声で、大橋と卜部がうなずいた。

「でも……田中先生、交渉できるかな」

卜部が苦笑気味にそう続ける。

「その中学校の先生……勅使河原先生っていう教頭先生なんだけど。結構頑固そうでさ……」

「あー、そうだな……」

その筋張った顔を思い出しながら、俺も苦笑いしてしまった。

「田中先生が、うまく交渉できるイメージが湧かねえな……」

[illegible]は大人とは言え、田中先生も教師の中では若手なのだ。

なんとなく年功序列を意識してそうな勅使河原先生に意見して、聞き入れられるかは微妙そうだし……。むしろあの軽薄な感じをどやしつけられて終わり、なんてなりそうな気がする……。


……大丈夫かなー……。

なんか大丈夫じゃない気がするなー……。

「……ん？　勅使河原？」

ふいに——天童さんがそんな声を上げた。

彼女は卜部の方を向くと、

「その先生、勅使河原っていうの？」

「ああ、うん」

卜部がそれに、こくこくとうなずいた。

「珍しい名前だよね。まり、もしかして知り合い？　教わってたとか？」

「あ、ううん……。そうじゃないんだけど……」

うーむ、と天童さんは腕を組み悩み始める。

「何だろ、なんか、聞き覚えがある名前なんだよなあ……」

……ふん、聞き覚えか……。

珍しい苗字《みょうじ》だし、どこかで目にしてなんとなく覚えていたのかもしれないな。

えてるしな。

俺も、街で見かけた珍しい苗字《みようじ》の表札や、本に出てきたインパクトのある名前とかよく覚
「……とにかく、明日田中先生に相談してみるわ」

……よし、これ以上ここで悩んでいてもしょうがない。

梶くんのおかげで方向性が決まったし、まずは行動しよう。

「で、またどうなるかみんなに報告するよ。小学校への連絡も、それ以降で」

「うん、そうだね……」

——そんな風に話して、その日は解散となった。

そして翌日。

結果として、田中先生は中学校に交渉に行ってくれることになったけれど……。

『えー、ほんじゃまあ、交渉行ってくるわあ』

『どうだろな、話しゃわかってくれるんじゃねえか？』

そんな風に、極めて脳天気だった田中先生……。

……うん、やっぱなんか、うまくいく気がしねえな。

これは、交渉決裂の可能性が高いものとして考えておくことにしよう。

＊

——難民キャンプ、なんて呼ぶのも、おこがましいありさまだった。

車中から窓の外を眺め。晴れ渡った空の青と、その下に広がる景色のギャップにわたしは顔をしかめる。

ひとことで言えば——モザイクだろうか。

無数の色のビニールや布、それを棒と紐《ひも》で天井代わりにしただけの、簡素な寝床。

そんなものがずらっと広がる光景は、過激な映像を覆い隠すためのモザイクにも見える。

けれど——その鮮やかさとは裏腹に。その下で暮らすのはあまりにも過酷だ。

風は吹き抜け放題だし、雨さえまともにしのぐことができない。プライバシーに至ってはそもそも配慮さえされていない。

当然、物資だってまったく足りていない。食料に飲料水はギリギリ。

着るものや医療も届いていないから、新型ウイルスだけでなく様々な感染症が蔓延《まんえん》している。

さらには、

「——十分に、お気を付けて」

先ほど、拠点を出て移動するわたしと志保《しほ》ちゃんに、その場に残ることになった安堂《あんどう》さんがそう言っていた。

「治安も極めて悪くなっています。襲撃などには注意してください」

彼の言う通り――このところキャンプ内では犯罪も多発している。

報告された殺人を含む暴力行為は、この数日で三桁《みけた》超え。

かつては経済大国だったこの国で……このありさまなのだ。

以前なら、難民が居住し始めた区域にはＮＧＯや現地の政府や赤十字がインフラ整備をして、暮らしていける程度の設備を作ることが多かった。

テントだとか小さな小屋のような仮設住宅。共同トイレに飲料水を供給するシステム。

学校が用意されることさえあって、最低限の暮らしが営める。

けれど――わたしが車中から眺める、[redacted]の難民キャンプ。

そこでの暮らしは、まさに「死んでいないだけ」と表現するのがふさわしい光景だ。

当時「最低限」と呼んでいたものが、文明のおかげで保証されていただけなのをわたしは思い知る。

「……でも、全員死ぬよりはマシだよね」

わたしは一人、自分に言い聞かせるようにそうこぼす。

「移動させなかったら、この人たち確実に死んでたんだ」

北アジアに住んでいた人々。他であればまだなんとかなるけれど、あんなところにいれば数ヶ月後には確実に全員が死んでいた。その災害の、最初の犠牲者になっていた。

であれば、こんな風であっても生きている方がマシなはず。

けれど、

「……どうだろうね～」

隣の志保ちゃんが、そんな声を上げる。

「何が？」

「死ぬよりマシって話だよ～」

そして、志保ちゃんは窓の外に目をやったままで、

「死ぬ方がいいって状況、実際あるでしょ。このキャンプがそうじゃないかどうかは、結構微妙なとこじゃない？」

……その言葉に、わたしは何も言い返せない。

そうだ。内心わたしも、そんな疑問を覚えている。

志保ちゃんとわたしは、概《おおむ》ね同じ景色を見てきたはずだ。

紛争の真《ま》っ只中《ただなか》も感染者のあふれ出した病院も、災害が発生するその瞬間も。

そんな中で――彼女がそこに疑問を抱くのは、わたしにも理解できてしまう。

本当に、死ぬことが生命にとって最悪な出来事なのか。

それ以下、という状況が、この世界には確実に存在して――。

──今や、多くの人々が、その状況に陥りかねない状況にあるんじゃないか。

「死ぬより酷《ひど》い」目に遭いかけているんじゃないか──。

「……まあ、とはいえ」

と、そこでようやく志保ちゃんはこちらを向き、

「少なくとも、問答無用で死ぬってよりは、選択肢《せんたくし》がある方がいい気はするよね」

気休めにもならない、そんなことを言う。

「それをあげられた、って意味ではよかったんじゃないの？」

選択肢をあげられた。

それは、そうなのだろう。災害でただ命を落とすことを回避した。

今、このキャンプにいる人々たちは自分で自分をどう扱うか、判断することができる。

確かに志保ちゃんの言う通りなのだと思う。

けれど、

「……そうだね」

そんな風にうなずきながら。

わたしは内心、それが幸福なことなのかもわからないのだった。

――そんな選択を委ねられてしまうのは。

この状況で、自らが、自らの生命の存続か終了かを選ぶことができるのは――。

果たして本当に、死ぬよりもマシと言える状況なんだろうか――。


……ふと、思い立ってスマホを眺めた。

最近も、ちょこちょこ文化祭について頃橋《ころはし》くんから連絡が来るようになった、このスマホ。

もちろん、文体は酷《ひど》く素《そ》っ気《け》ないのだけど。

文化祭について、日程の報告や開催が危ぶまれている、ということを端的に書いているだけなのだけど。

――それでも。

そんな小さな繋《つな》がりが。こんな風になってしまった世界で。こんなことを考えるようになった世界で。わたしにとって、人間性の最後の砦《とりで》のような気がしていた。

「……開催されるといいなあ」

窓の外に目をやり、わたしはつぶやく。

「文化祭、できるといいなあ……」

……贅沢《ぜいたく》な願いだと思う。

世界中でばたばた人が死んでいく中で、尊厳を根こそぎ奪われていく中で。

そんな風に願うのは、あまりにも身勝手で、恵まれすぎている。

それでも——わたしは、味わって欲しい。

頃橋くんに、卜部さんや大橋くんや橋本《はしもと》くん、天童さんや梶くんに。

文化祭という一日を、十分に味わって欲しい。


——どうか彼らが、こんな世界の不条理に触れないままでいられますように。


と、わたしたちの車両の無線が鳴る。

慌《あわ》ただしくしゃべっている、スピーカーの向こうの声。

——拠点からだ。

「襲撃されてます」

ノイズ混じりに、そんな声が聞こえた。

座席に腰掛けたまま、わたしと志保ちゃんは身構える。

「——武装した集団で」

「——応戦していますが、火器が——」

「――もう、持ちそうに――」

――けたたましい銃声。

悲鳴。金属を引き裂くような音。

「……やば」

張り詰めた声で志保ちゃんがこぼす。

「日和ちゃん、お願いを――」

「――わかった」

『お願い』を範囲適用で発動させる。

けれど――距離が遠い。

まだわたしの力では、そこまで届かせるのにわずかに時間がかかる――。

そうしているうちに――、

「――室長が！」

無線の向こう。緊迫気味《きんぱくぎみ》の叫び声が上がる。

「安堂室長が、連れさられました――」

＊

「——まあ、そうだったんですか……」

勅使河原先生から、反対を受けた翌日。現状説明に訪れた小学校で。

三年生の学年主任である中野《なかの》先生は、不安そうに眉を寄せた。

「そんなに、強い反対を……」

ふくよかな顔を、悲しげに歪《ゆが》めている中野先生。

不穏な気配を察知されたのか。職員室の他の先生方からも、視線がちらちらとこちらに寄せられ始める——。

中野先生は、臨時教師の監督や世話を担当してくれている、言わば俺たちの上司みたいなものだ。これまでも何度もやりとりをしてきたし、授業の進め方や生徒との接し方についても熱心に指導をもらった。結構打ち解けてきたこともあって、個人的な雑談だって日常的にする仲だ。

いつもはご機嫌《きげん》でニコニコしている先生が、こんな顔するなんて……。

本当に、楽しみにしてくれていたんだな……。

……まあ、そのことは、最初に文化祭を提案したときのリアクションからもよくわかってはいたのだけど。

『——なんて素敵なアイデア！』

『——きっと子供たちも喜びますね！』

『——よかった……職員たちも、今年は無理でしょうねって諦めてたの……』

とてもうれしい反応だったし、あのときは改めて頑張《がんば》ろうと心に誓ったものだった。

うん……だから田中先生、マジで頼むぞ。

近々行く交渉、マジで成功してくれよ……。

この人と生徒に、これ以上悲しそうな顔をさせたくないんだ……。

「……ただ、そうは言っても」

と、そこで中野先生は表情を緩め、

「開催される可能性は、まだあるわけですよね？」

「ああ、それはもちろんです。そのために、うちの担任にも相談してて」

「なら、出し物のアイデアくらいは考えておいても損はないですよね？」

「……ですね。お手間でなければ。というかそうですね、五月開催予定でそんなに時間もないですし、考えておいていただいた方がいいかもしれませんね」

開催時期は、例年の『三軒っ子まつり』に合わせて五月の中旬を予定していた。

そして現在、四月の中旬。一ヶ月しかないことを考えれば、時間的余裕はほとんどない。むしろ……俺たち高校生組も、そろそろ企画を練っておくべきかもしれない。

「……実はね」

と、ふいに中野先生はノートを取り出し、

「もう、いくつか考えてみたの……」

「お、おお……！」

確かに——言われてページを覗《のぞ》き込《こ》むと。

そこには中野先生による出し物のアイデアがずらっと書き留められていた。

・合唱
・演劇
・研究発表
・保護者によるバザー
・楽器演奏

なんて王道の、例年行われているようなものから、

・釣り堀
・オペラ
・歴史資料館
・歌舞伎

なんていう、どうやって実現するんだ……というようなものまで。

見ているこっちも、思わず頰《ほお》が緩みそうになるラインナップだった。

「もう、想像してると楽しくなってきちゃって……」

照れたような顔をして、中野先生はそう言う。

「アイデアがどんどん浮かんできてねえ……。開催さえ決まれば、すぐにでも動き出せるくらい」

「……そうですか」

うなずくと……うれしさと同時に、焦《あせ》りが一層俺の中で大きくなる。

なんとか開催しないと……という焦《あせ》りと、もう一つ。高校側の出し物に関する焦《あせ》りだ。

実はすでに、高一、高二の先生たちには文化祭の話はしてある。そのうえ、各学年での出し物の希望まで決まっている。彼らも相当文化祭には期待しているらしく、即座に候補が決まったそうだ。

ちなみに、一年生はかつて吹奏楽部が使っていた楽器を使用しての合奏で、二年生が最近の尾道《おのみち》での自給自足の発展をまとめた研究発表だ。

――そんな中。

俺たち三年生だけが、まだ方向性を決められていないのだ。

放課後俺たちが各学校への交渉へ出かけていたのもあるし、みんなやりたいことがバラバラでまとまらなかったこともある。

もちろん、開催が確定じゃない以上、企画が決まったところでそれほど準備もできないのだけど。なんとなく遅れを取っていることに、俺はじわじわと焦《あせ》り始めてもしまうのだった。

――そして、翌週。

田中先生が、勅使河原先生にあっさり「許可できません」と交渉を突っぱねられ、事態は完全に膠着《こうちゃく》状態に。

そのうえ――土堂中学校で、予想外の事態が発生。

俺たちは、厳しい決断を迫られることになるのだった――。

＊

「――ただちに、文化祭の中止を発表してください」

それが――勅使河原先生の要求だった。

「ただでさえ授業に遅れが出ているのに、そのうえこんな問題が起きるなんて……！　何を考えているんだ！　今すぐにでも準備を取りやめて、それを周知するべきだ！―

「ま、まあ落ち着いてください……」

応対する田中先生が、なだめるようにそう言ってくれる。

「むしろ、そういう反応が出るということは、そちらの生徒さんも文化祭を望んでいるというわけで……。どうでしょう、これを機に考え直していただけませんか……」

「冗談じゃない、と言ったはずです」

けれど、勅使河原先生の声がもう一度応接室に響いた。

その形相《ぎょうそう》は厳しいまま。額には血管が浮き出ていて、ああ、青筋《あおすじ》を立てるっていうのはこういうことなんだなと、俺はそんな場違いなことを考える――。

――中学で、文化祭の噂《うわさ》が広まったのだそうだ。

小中高の合同で文化祭が開催される。

小学校高校では、もう準備が始まっている、という噂《うわさ》だ。

おそらく……兄弟のいる中学生が、その話を聞いたのだろう。小学校側も高校側も、文化祭が検討されていることは当然広まっていて、少しずつ準備を始めている生徒もいるわけで……。

今となってみれば、そうなるのは当然と言えば当然だなとも思う。

ただ意外なのは――生徒たちが率先して、自分たちも準備したいと主張し始めたことだった。

彼らはやりたい出し物を考え配役を想像し、早く実際の準備にとりかかりたいと教師たちに主張した。まさかその文化祭が、自分たちの教頭によって開催を差し止められそうなことも知らずに。

中学側は、生徒たちに「文化祭は開催させない」と説明。その結果、生徒たちがそれに強く反発。教師への抗議の声が上がったのはもちろん、授業をボイコットしよう、なんて生徒まで現れたらしい。

そして──その話は、当然勅使河原先生の耳にも入った。

彼は激怒。すぐにでも中止を宣言すべきだと、クレームをつけにここにやってきたのだった。

「気の緩みは、こうして簡単に伝染するんです！」

呼び出された、俺たち六人に、詰め寄るようにして勅使河原先生は言う。

「街が一丸となって今後の生活を立て直していくべきときなのに……君たちは、自分たちがしたことの意味をわかっているんですか⁉」

「落ち着いてください！　生徒に詰め寄ったって状況は変わりません！」

矛先《ほこさき》が俺たちに向いたことで、田中先生の声のトーンが上がった。

「話でしたら自分が伺います！　責任も、担任である自分にあります！」

「じゃあ、どうやって事態を収めるつもりなのですか」

「……確かに中学で問題が起きたことは、承知しました」

珍しく、田中先生が大人びた。真面目な顔でうなずいてみせる。

「決して望んだことではありませんし、こちらにも主張したいことはありますが……我々側も、対応が必要なのは事実だと思います」

「ですから、それが文化祭の中止でしょう！」

「しかし、地域の方からも期待の声が上がっています。この場で中止をお約束することはできません」

と、田中先生は勅使河原先生を真《ま》っ直《す》ぐ見ると、

「もう一度、こちらで検討させてください。数日中に、解答するようにいたしますので」

「……ふん、そうですか」

ここらが落とし所だと思ったのか、勅使河原先生はようやく肩で小さく息をついた。

詰め寄っていた田中先生の前から一歩引くと、

「では、その検討の結果を待つことにします。ただ、こちらでは今も問題が継続していること、授業に支障が出ていることはご承知いただきたい」

「わかりました。こちらも、早めの解決を望んでいるのは同じです」

それだけ言い合うと——勅使河原先生は応接室を出て行く。

そんな彼を、部屋の出口まで見送ってから……田中先生はこちらを振り返り、

「……いやあ、参ったねえ……」

それまでの毅然《きぜん》とした態度が嘘《うそ》だったように——情けない声で、そうつぶやいた。

そして彼は、酷《ひど》く重たそうに身体《からだ》をソファに沈み込ませると、俺たちにこう言った——。

「ごめん、このあとのこと……ちょっと相談させてくれ……」

＊

「──じゃあ、中学だけ外して開催、っていう方向はどうですか？」

「いやあ、むしろ中学の生徒たちの不満は増すだろ、それじゃ。勅使河原先生の求めてるのも、そういうことじゃないだろうし……」

「署名を募《つの》るとかどうだ⁉　住民の大多数が賛成してるってわかれば、説得できるかもしれないだろ⁉」

「そういうのが効くタイプには見えないかな……。それに今から署名を集めていたら、五月の開催予定日には到底《とうてい》間に合わないだろう……」

緊急で、話し合いがされていた。

勅使河原先生が去った、応接室で。

俺たち六人と田中先生は、なんとかここから勅使河原先生を納得させる方法がないか、開催する手段がないかを話し合っている。

皆、知恵を絞り考えていた。

俺や卜部はもちろん、普段は適当な印象の天童さんや田中先生まで必死でアイデアを出して

くれている　でてい　上げられたアイデアは十を超えていた
けれど、

「もう……あの人だけ無視して、実力行使で開催するとか……」

「中学側の教師は勅使河原先生につく可能性があるよ。そんな風に開催するのが教育上いいとは思えない……。それに、確かあの人は市の教育委員会とも繋《つな》がりがあるんだ。下手《へた》したら、もっと上の方からつぶされるかも……」

「ならもう催眠術師しかない！　凄腕《すごうで》催眠術師に来てもらってさ！　勅使河原先生にかけてもらうの！　それで『あなたは文化祭に賛成したくなーるー』って……」

「……多分、尾道《おのみち》にそんなすげえ人いないって」

そろそろ……弾も撃《う》ち尽《つ》くしつつある気配があった。

思い付く案はことごとく実現が難しいか、効果が怪しいか、あまりにも乱暴なものかで、どうしても採用に至らない。俺自身、いくつか出した案を却下されてから次のとっかかりを摑《つか》むことができていなかった。

これ以上考えても……まともなアイデアは出ないんじゃないか。

そんな空気が、確実に辺りに漂い始めていた。

「……どうするかなあ」

田中先生がつぶやいて——応接室が完全に沈黙する。

おそらく、あともう何日も待ってはもらえないだろう。

ここでアイデアが出なければ、実質文化祭は開催不可能、ということになってしまう気がする……。

じゃあ……どうするか。

どうすれば、ここから勅使河原先生を説得できるのか……。

「……はぁ……」

ため息をつき、俺は一度頭を切り替えようと視線を応接室内に向けた。

ここ数ヶ月で。手入れがおろそかになった建物は、あっという間に見栄《みば》えが荒れていくものなのだと知った。

この校舎、これまで土《ど》砂《しゃ》崩《くず》れの被害に遭ったわけではない。

建物自体が、去年と比べて劣化したり壊れたりしているわけではない。

それでも——教師が減り、職員が減り、やってくる生徒が減ったこの校舎は明らかにみすぼらしくなった。

掃除が行き届かなくなり備品があちこちに散乱し。応接間だって、むしろぱっと見は倉庫かと思われそうなほどに段ボール箱や使わない教材が放置されている。

蛍光灯《けいこうとう》だって、切れっぱなしで交換されていない。

そもそも電気の供給が不安定なのだから、変えてもしょうがないと放って置かれているんだ窓ガラスも指紋だらけ。校庭の土だって雨のあとぐちゃぐちゃになってそのままだ。

それでも……きっとまだ、世の中ではずいぶんマシな方なんだろう。

こんな風に、俺たちがその中で活動できているだけで、人の営みがあるというそれだけで、まだこの学校は「以前の面影《おもかげ》」を残している方なんだ。

だから……実のところ、俺は勅使河原先生の気持ちが、少しだけ理解できたりもする。

こんな風に、かすかに残されたものを大切にするため。俺たちがかろうじて保っているものを、できるだけ長く残していくためにどうすればいいのか。彼は彼のやり方で、必死でそれを考えているだけなんだ。

きっと――俺たちと勅使河原先生は、そこで意見が食い違っているだけ。

そんな風に相手の理屈も理解できるからこそ、俺たちはそれを自分の理屈で覆《くつがえ》すことができない――。

――そんなことを考えていると。

現実逃避気味に思考を逸《そ》らしていると――ポケットの中でスマホが震えた。

取り出し画面を見ると、メッセージの通知が来ている。

どうやらまた、しばらく分のデータがまとめて届くタイミングに入ったらしい。次々表示される、各種通知たち。

ちなみに、最近はもはや充電のめんどうさと情報のなさから、スマホを携帯しなくなった人も多いらしい。俺自身は、たまたま災害時用に太陽光を使える充電器と手回し充電器を持っていたこと。今でもこんな風に情報が入ることもあって、一応手放さないようにしている。
と——、

日和『できるといいね』

——そんな通知が、見えた気がした。

浮かんでは消える通知の中。一瞬見えた、そんな文字列。

ひゅっと息を呑《の》み、画面に指を走らせる。

ロックを解除し、日和とのメッセージ画面を表示する。

どうやら……数日前に送ったこちらからのメッセージ。『文化祭の開催が危ぶまれている』

というものに対する返信だったらしい。

確かにさっき見た通りの、

『できるといいね』

という彼女からのメッセージが表示されていた。

うれしい。

約束を守るか、考えると話した日からも、定期的に彼女にはメッセージを送っていた。

話は基本全て、文化祭のこと。

それが開催される予定であることとか、日和にも来てもらいたいこと。

そして今回の問題まで。

続いて、彼女からのメッセージが立て続けにポップアップする。

日和『何か力になれることがあったら言ってね』
日和『わたしにできることなら、させてもらうから』

——そもそも。

そもそも、なぜ俺は日和に、メッセージを送ろうと思ったのだろう。

彼女は毎日登校もしているんだ。文化祭の件は話が進めば、当然彼女の耳にも入っただろう。

その進捗《しんちょく》だって日程だって、クラスメイトとして当たり前に知ったはずだ。

なのに——なぜ俺は、わざわざ自分から報告したのか。

あんなに怖がったくせに。

しかも、約束の件の答えさえ出していないのに。

変に素っ気ない態度で、事務連絡みたいな体でわざわざ彼女に連絡したのか。

……きっと、と思う。

きっとそれは、俺のわがままな気持ちからなのだろう。うまく彼女を忘れられていない。けれど、約束に答えるのは恐ろしい。だからこんな風に、中途《ちゅうと》半端《はんぱ》な距離を保って、自分だけが傷つかないままでいようとしている。

……一度大きく深呼吸してから。


頃橋深春『いや、今はもうちょっと自分たちで頑張ってみる』

俺は画面をフリックし、日和にそう返信した。

頃橋深春『自分らで始めたことだし、もうちょいギリギリまでやってみるよ』

画面に『送信中』の文字が現れ、そのままで固まる。

次に送信可能になるのは、いつのことだろう。俺の気持ちが日和に伝わるまでは、もう少し時間がかかる。

そのうえで、彼女にもう一度向き合ってみたい。そんな気がした。

「……あのさ」

スマホをポケットにしまい、俺は改めて皆の方を向く。

そして、短く考えてから、

「ちょっと……方向性を変えて、考えてみないか？」

「……方向性？」

田中先生が、疲れ切った顔でそう尋ねてくる。

「ええ。おそらく、もう説得するための新しい理屈が、ここから出てくることはないと思うんです。だとしたら、別の方法で説得力を上げることを考えればいいんじゃないかなって……」

――そうだ。

これ以上、理屈の内容を変えたってしょうがない。

そこをどういじったって勅使河原先生が折れてくれないのは間違いないだろう。

けれど――さっき、スマホの画面を見ていて。浮かんでは消える通知を見ていて、思い付いたことがある。

「別の方法って、例えば？」

「話す人を変えるんだよ」

卜部の問いに、俺は端的にそう答えた。

「正直もう、勅使河原先生にとって俺らって、ちょっと敵みたいな立ち位置になっちゃってるだろ？　だから、何言ってもそういう前提で捉えられるっていうか。出す意見も、そういうラベルが貼《は》られた前提で受け止められるっていうか」

「まあ、それはそうだね……」

卜部は相変わらず怪訝《けげん》な顔をしている。

「けど、俺たちの考え自体は、説得力があると思うんだよ。俺たちが勅使河原先生の意見を完全には否定できないように、こっちの意見を向こうが否定するのも無理、みたいな。だから……もう少し、勅使河原先生が話を聞いてくれそうな人に、相談できないかなって。中学の先生でもいいし、生徒でもいいし……。少なくとも、敵対関係にない人を、こっちの味方に引き込むっていうか」

——浮かんでは消える通知の中で。

どうでもいい連絡や重要な連絡がごっちゃになり、短い時間で表示されては消える中で、それでも俺は日和からのメッセージを何より先に確認した。

彼女からの返信は、内容的には大したものじゃない。

何か新しい話題や、今後の生活に役に立つ情報が含まれているものではない。

それは、そのメッセージが日和によるものだからだ。俺にとっての、重要人物からのメッセージだから。

だとしたら——それを利用できないか。

同じことを勅使河原先生にしかけて、意見を聞いてもらうことができないか。

そんな風に、思ったのだ。

「つーことで」

俺は話を先に進める。

「俺、今からちょっと、色々当たってみようと思う。中学の先生紹介してもらったりな。残り時間も少ないから、上手《うま》くいくかわかんないけど……もし可能なら、みんなも勅使河原先生と関わりある人、探ってもらえると助かるよ……」

正直、ギャンブルであることに変わりはないだろう。

勅使河原先生と関わりのある人を味方にできるかはわからないし、味方にできたうえで、勅使河原先生が折れてくれるかもわからない。

それでも——何もできずに、策もなしで説得に行くよりはずっと良《い》いだろう。

だからまずは、動き出してみたい。ひとまず、小学校の先生全員に声をかける辺りから始めてみたい。

——と、

「え、それだったらさ……」

と、天童さんが小さく手を上げる。

「わたし……めちゃくちゃ良《い》い人紹介できるかも……」

何やら——自分でも驚いているような表情だ。

この展開に、予想もしていなかった流れに驚いている顔。

「最強の味方、わたし知ってるかも……」

「……え、そうなの⁉」

大橋が、デカい声を上げ目を丸くする。

「誰誰？　ていうか、どこでそんなの知り合ったの⁉」

「えーあのさー」

と、天童さんは未《いま》だに自分でも半信半疑な顔で、

「最初に勅使河原先生に反対された日、名前教えてもらって、なんか聞いたことあるな、勅使河原ってー、って思ったのね」

「お、おお。そう言えば、そんなこと言ってたな、あの日……」

うなずく大橋の隣で、俺もそのときのことを思い出す。

確かに……あのとき天童さん、その名前に反応してた気がするな……。

「で、これがさ、考えて思い出したの……。なんでって、その名前知ってるのか。どこで

そして——天童さんはこちらを見ると。

何やら悪巧《わるだく》みをするような顔で、俺たちにこう言った。

「……うまくいけば、多分最強のカードになると思うよ」

*

——そして、数日後。

土堂中学校の、放課後の職員室にて。

「——というわけで、改めてお願いします」

俺はもう一度、勅使河原先生にそうお願いしていた。

「どうしても、生徒たちには文化祭が必要だと思うんです。だからどうか、許可をお願いします」

そこに、新しい理屈はない。

先日説明したことと、同じ話の繰り返しだ。小中高合同の文化祭で、生徒や町に元気を生み出したい。それだけ。意見の補強や、勅使河原先生の指摘への反論もない。

——けれど。

それが結局、俺たちの本心なのだ。何かを付け足しても、それは付け焼き刃でしかない。

だから俺たちは、この理屈を『別の人』から、改めて伝えてもらっていた。

勅使河原先生にとって、重要人物であろう『とある人』から。

その変化がきっと、この膠着《こうちゃく》状態を変えてくれると信じて——。

……緊張に、ぐっと息を飲み込んだ。

これでダメなら他に手はない。文化祭の開催を、本当に諦めるほかない……。

決して気温は高くないのに、背中を一筋の汗が流れていった。

下校時間を告げるチャイムが、校内にのんきに響く。

数秒続いた沈黙のあと。勅使河原先生は居心地悪そうに笑い、

「……そうですか」

疲れたような声で、そうこぼす。

そして——、

「……許可します。」


——どこか柔らかい表情で、そんな風に続けた。

「文化祭、七篁中学校も参加させてもらいます……」

じわ、と。一瞬の間を置いて、その言葉の意味が脳に浸透《しんとう》する。

安堵《あんど》とうれしさが、胸のうちに咲き乱れる。

周囲を見ると——卜部も大橋も橋本も。梶くんも天童さんも、表情に喜びを隠しきれないでいた。そんな俺たちを前に、勅使河原先生は自嘲《じちょう》するように笑い、

「あれから、うん。色々と自分でも考えましてね……そうですね、文化祭、やってもいいんじゃないかと思いました……」

……うまくいった。

本当に、成功してしまった。『話す人を変えてみる』作戦。

こんなにうまくいくなんて。勅使河原先生が、『あの人』の話を聞き入れてくれるなんて
——。

「……父に叱《しか》られましたよ」

勅使河原先生は、こぼすようにそう続ける。

「父からね、あんな風に言われては……じっくり説得されては。自分も考えざるをえませんでした……」

——父。

そう。天童さんが俺たちに紹介してくれたのは——勅使河原先生の父親。

勅使河原慎一《しんいち》さん、七十九歳だった。

彼と天童さんが知り合ったのは、午後の地域作業の時間。

天童さんが働きに行っている、老人ホームでのことだった。

天童さんはその天真爛漫《てんしんらんまん》な性格や、適当そうに見えて働き者なところが入居者から評判で、自分たちの孫のようにかわいがられていたらしい。そして天童さんも、もともとおばあちゃんっ子だったこともあり、入居者の皆さんとの交流を楽しんでいた。

さらにその老人ホーム。入居していない高齢者も入居者と交流することが許されており、週に何度か外部の人もレクリエーションルームを使うことができる。

そこに時折やってきて、入居者と囲碁《いご》や将棋《しょうぎ》をしていくのが——勅使河原慎一さんだった。

なんと天童さん、入居者全員の名前を自然に覚えるのはもちろん、外部から来ている高齢者の方の名前まで把握していたのだ。

ちょうど、話し合いの翌日は老人ホームのレクリエーションルームの公開日。

そこで、天童さんは勅使河原慎一さんに話しかけ、文化祭の件を相談したのだった。

……ただ、俺としても意外だったのは。

天童さんが、そのときに慎一さんに助けを求めるのではなく、意見を聞きに行く、という形にしたことだった。

応接室で、彼女に珍しく真剣な口調でそう言った。

「息子さんにこんなことされてるから助けてとか、なんとか言ってやってとか、そんな風な言い方したくないんだ。あくまでどう思うかを聞くっていう風にしたいの。どうすれば良いと思うかを、聞こうかなって。それでもいい？」

そのときは、気圧《けお》されてただうなずいてしまったけれど。本人がそう言うなら、とただ受け入れてしまったけれど――しばらく考えて、そういうところが人気の理由なんだろうと気が付いた。

天童さんは、ごく自然に相手の意思を尊重している。

自分が言って欲しいことを言ってもらうのではなく、状況を伝えて、本人に判断してもらう。

そういう押しつけがましくなさが、自然と自立し、相手の自立も受け入れているところが、入居者の方々にも好評である理由なのかもしれない。

「……ハレの日が必要なんだ、と言われましたよ」

気まずさからか、悔《くや》しげに笑っている勅使河原先生。

ただ、その表情はよく見れば、父を思う息子の優しさも霞《かす》んでいるような気がした。

「どんな状況になっても、人にはきっとそういう日が必要なんだって。父が毎週ホームに伺っているのもそう。入居者の方や自分自身に、レクリーエーションというハレの日が必要だった。だから、若い子にも当然それが必要なんだと。なんとか開催を許可してやれないかとね……」

……そうか、そういうことになったのか。

天童さんは、実際に慎一さんに、状況を話しただけだったらしい。

特段こうしてほしいというようなことは伝えなかったらしいし、慎一さんからこうしよう、という提案もなかったそうだ。

けれど、慎一さんは自《みずか》らの考えをこうして先生に伝えてくれた。

そして――先生も、自らの意思でこうして、考えを変えてくれた、というわけだ。

――ハレの日。

まさにそれは、この文化祭で俺たちが作り出したいものだった。

徐々に失われていくそれまでの生活。彩《いろど》りを失う日々と、溜《た》まっていく疲労。

小学校の生徒たちから「三軒っ子まつり」を期待する声が上がったのは、ごく自然なことだったのだろう。

こんな生活に耐えるために。そしてこれからもこんな日々を生き抜いていくために、そういう特別な日が必要だった。

それを勅使河原先生が理解してくれたことを――俺はうれしく思う。

「……天童さんというのは、どちらの生徒さんですか？」

勅使河原先生が、俺たちを見回して尋ねてくる。

天童さんが、それに元気良く手を上げて答えた。

「あなたですか……ありがとうございます」

言って、頬を緩めると――勅使河原先生は小さく頭を下げた。

「父や友人が、お世話になっているようで。父がとても感謝していました。おかげで友人たちも、以前よりずっと元気になったと……」

「いえとんでもない！　わたしも、楽しくお話ししたりお仕事手伝ったりしているくらいなんで」

「……そうですか」

そこで――勅使河原先生は噴き出すように笑った。

初めてこの人が、心の底から笑うところを見たような気がした。

「なるほど、父たちがあなたに感謝する気持ちがよくわかりました……」

「えー！　何ですか！　なんでわたし、感謝とかしてもらっちゃってるんですか⁉」

「ハレの日なんですよ」

言って、勅使河原先生は目を細めると、

「きっと、父たちにとっては天童さんの存在自体が、ハレの日みたいなものなんでしょう……」

＊

「いやー、よかったね。話まとまって！」

「これでやっと、本気で準備始められるね……」

中学校から、高校へ戻る道を歩きながら。

梶くんがうーんと伸びをし、橋本がほっと息を吐き出した。

「一時は、本当にどうなるかと思ったよ……もう文化祭、完全に無理かなって」

「そうだね。よかった、とりあえず開催自体はできそうで」

橋本の隣で、卜部も疲れ気味ながら安心した表情だ。

ただ……そんなことばかりも言っていられないだろう。このやりとりをする間も、時間はきちんと経過している。

開催まで、もうそんなに日数もない。

「ここからは……準備、頑張らないとなー」

小さくため息をつき、俺はそうこぼした。

「小学校は先生がノリノリだし、中学もモチベーション高いだろ。うちらも、一年二年は企画決まってるけど……俺らま、ほとんど何も動き出せてないし……」

……そうなのだ。

開催が決まっていないのに動き出している他の学年と比べ、俺たちはまだ企画を決めることすらできていない。

というか、こうしているうちに他の学年がやりやすい展示や企画を取っていってしまっている分、俺らはそれ以外の企画を選ばなくてはいけなくなっている。

これはなかなか……ハードルが高くなりそうだ。

「……マジ、急がねえとな……」

大橋が、急に現実を認識した様子で切羽詰《せっぱつ》まった顔になる。

「主催しといてショボい企画とか、ありえねえし……ここから、マジで頑張らないと……」

「いや、ほんとにな……」

うなずきながら、俺も早くも出し物を考え始める。

一体、何ができるだろう。

演奏、演劇系はもう他の学年がやるだろう。

研究発表だって、二年生がすでに作り始めていると聞いた。

そうなると、あとできることは何が残されているだろうか……。

……と、そこでふと思い立つ。

「そうだ……その前に」

俺はニコニコと話を聞いていた天童さんの方を向き、

「ありがとね、天童さん。あのファインプレーがなかったら、文化祭はマジで頓挫《とんざ》になっていたと思う……。おかげで、なんとか開催できそうだよ、助かった」

「あーいいのいいの！　わたしはただ、自分がやりたいように行動しただけだし！」

本心からそう思っているらしい。

一切《いっさい》の「やってやった」感もなく、爽《さわ》やかに天童さんはそう言う。

ただ——、

「あのーでも、ちょっとわからないことがあってさ……」

ふいに、天童さんは考え込む顔になり、

「勅使河原先生の話と、慎一さんの話聞いてて、ちょっとわかんなかったんだけど……」

「お、おう……何が？」

……なんだろう。

一体あの話のどこが、わからなかったんだろう。

そんな風に、訝《いぶか》しんでいると——、

「——ハレの日って何？」

「……そこわかってなかったの⁉」

――いやそれ！

勅使河原先生が文化祭開催してもいいって考えた重要な理由！

しかも、天童さん自身がハレの日みたいなもんだとまで言われてたのに！

なのにあなた！　全然わからないままあんな堂々としてたのか！

……ああ、でも確かに。

確かにちょっとわかりにくい言葉だよな……。

なんの説明もなしっていうのもちょっと不親切だったか……。

そんな風に思い直した俺は、

「ええと、まず『ハレ』と『ケ』って概念があってだな……」

「……概念？　なんか、概念って言葉自体が結構難しいよね」

「んんと、じゃあ……まあ、『ハレ』ってのは『非日常』みたいなもので――」

――なんて。

学校へ向かって歩きながら。

俺は丁寧かつ根気強く、天童さんに説明をしていったのだった。

＊

――安堂さん。

安堂健吾《けんご》さん、六十二歳。

かつては一流企業に勤め、現在は【天命評議会《てんめいひょうぎかい》】の補佐室長を務める彼。

家族構成は妻と本人。息子が二人いるけれど、どちらもすでに成人して独り立ちしている。

――思い出すのは。

脳裏《のうり》に浮かぶのは、まだ中学生だった頃。【天命評議会】なんて名前もなくて、手伝ってくれているのは彼だけで……。

一度きちんとお話ししていこうと、彼の自宅にお邪魔したときのことだ。

埼玉県《さいたまけん》にある集合住宅。どうやら、二人目のお子さんが生まれたときにローンを組んで買ったお家《うち》らしい。

低めの天井と据《す》えられている濃い茶色の洋風家具。和室には仏壇があって、チェストの上には家族写真が飾られていて、どこか懐《なつ》かしい匂いがした。

ちなみに、奥様はお友達と旅行中。明後日《あさって》まで戻ってこないらしい。

リラックスできたわたしは、彼と色々なことを話したのだった。

『お願い』を、これからどういうことに使っていきたいか。どんな風に活動していきたいか。そういうことから、もっとプライベートな学校の出来事まで。

安堂さんはそれを熱心に聞いてくれたし、わたしの活動を全力でサポートすると話してくれた。

「……どうしてですか？」

当時のわたしには、理解できなかった。

しっかりした経歴がある、社会から必要とされる有能な大人が手伝ってくれる理由。

当時のわたしはまだ、自分の活動を「部活」くらいの感覚で捉えていた。

それを、大人が支えてくれるわけを知りたい。

そんなわたしに、「まずは、日和さんが心配なこと」と、彼は言った。

「『お願い』があるとはいえ、中学生にできることは限られています。それをきちんと、大人がサポートする必要があると思います」

なるほど、それはその通りだ。

わたしはあまりに脆弱《ぜいじゃく》で、この力を有効に使うには知識も足らなすぎる。

そのことは、これまでの活動で身に染《し》みて理解していた。

けれど、なんでわざわざ安堂さんがその役を引き受けてくれるのか。

自分がやろう、と思ってくれたのか。

「……それから」と、彼は苦い顔で笑い、

「後悔があるんです」

「……後悔？」

「もうすぐ、初孫《ういまご》が生まれるんですよ」

そう言って、彼は心底うれしげに目を細めた。

「長男の子供が、再来月《さらいげつ》生まれる予定なんです。ただ……これまでの人生を振り返ったとき。会社員として必死に働いてきたこれまでを振り返ったとき、そんな孫たちのために、何ができたんだろうと思ったんです。確かに、収入を多めに稼ぐことはできました。そのおかげで息子二人を私立大にやれましたし、孫に経済的なサポートをする余裕もあります。それでも……世界を、世の中を良くできたとは思いません。社会に対して、意義のあることができなかった」

だから——と、彼はお茶を飲み。

「この歳《とし》ですが、いい加減、世の中を良くしていくことができればと思ったんです——」

——そのとき思った。

ああ、信頼できる、と。

この人なら、わたしは背中を預けてもいいのだと。

その言葉に、きっと嘘《うそ》はない。彼は一個人、一社会人としての役割を終えつつあり、けれどさらにやるべきことがあったはずと感じている。

それを──わたしとなら実現できる。

利害が一致しているのだ。わたしと、安堂さんは。

そして、この人となら。こんな懐《なつ》かしい匂いのする家に住み、孫の話をするこの人となら、やっていけると思えた。

それが──わたしにとって。

初めて、仲間と呼べる存在ができた瞬間だった──。

──そんな彼の遺体が。

安堂さんの遺体が比較的綺麗《きれい》な状態で回収できたことに、わたしは少しだけ救いを見いだしていた。

上半身の銃創《じゆうそう》がいくつか。頭を狙《ねら》われなかったおかげで顔には傷一つなかったし、不必要にダメージを与えられた形跡もなかった。

あんな場所で命を奪われたのに、安堂さんの表情は穏やかだった。

この人には、こういう表情こそが似合っていると思う。

「……まあ、こうなる覚悟はできてたでしょ」

遺体を荼毘《だび》に付したあと。

戻ってきた評議会の支部で、志保ちゃんは言う。

「むしろ本人、ここまで自分が生き延びれるとは思ってなかったんじゃない？　だからまあ、大往生《だいおうじょう》でしょ」

「そうだね」

志保ちゃんの軽口に、わたしはそう返す。

難民キャンプで、紛《まぎ》れ込《こ》んでいた過激派組織に捕らわれた安堂さん。

そういう組織は基本的に解散させたはずだったのに。どうやら、『お願い』の範囲を逃れた残党がわずかに残っていたらしい。

彼らは、拠点にいたスタッフの中でも最高齢だった安堂さんを、リーダーと判断。彼らの車両に連れていき、殺害した。

――お願いは、間に合わなかった。

「……そうだよね」

と。

会議室の窓から、人のいない街を眺めながら。

とっくに全ての住人が、疎開《そかい》するかウイルスで亡《な》くなった街を眺めながら。

わたしは、心の一部が凍り付いていくのをはっきり自覚する。

思考が極端なまでに整理されていく。胸の中にあった大切な気持ちが、思いが、切断され捨てられていく。

「世の中って、こういうものだったんだよね……」

理不尽な暴力が存在する。

それは、相手を選ばずランダムに振るわれる。罪があろうがなかろうが関係なく、わたしたちはそれに隷属《れいぞく》することしかできない。

もうこれまで、何度も実感してきた現実。

目の前で繰り返し目《ま》の当《あ》たりにしてきた、この世の正体。

ああ……無駄だった。

わたしが大切にしようとしてきたものは、命を賭《か》けて守ろうとしてきたものは、無価値だった……。

はっきりと、そう理解した。

それは、わたしの中の不可逆《ふかぎゃく》な変化だ。

正しく向き合った世界は、そんなものだった。

わたしは、それを知った。

——だとしたら。

と思う。

世界がそもそもそんなものだとしたら。

わたしは、わたしの『お願い』で一体何ができるんだろう。

この力を、一体どのようにして使うべきなんだろう——。

インターミッション

「──やっぱ、無理だよなあ」

何度計算しても、大きく不足していた。

文化祭開催決定からしばらく。

俺たち高校三年生の出し物が、議論の末に『屋台村』に決まってから数日後──。

「どう考えても、食材調達しきれないわ……」

「んー、今からでも出し物代える相談する……？」

「最悪……それもありえるか……」

夕食後の居間、ちゃぶ台にノートを置き。俺と卜部《うらべ》はうんうんうなっていた──。

ページに書かれているのは、屋台村を作るにあたって用意できそうな食材たちだ。

すでに尾道《おのみち》の食料事情は、外部からの輸入に頼ることなく、可能な限りの自給自足と備蓄の切り崩しで成り立っている。

生産量にも流通量にも余裕はなくてかつかつで、大人たちもその分配に苦労している。揉《も》め事《ごと》が起こることなんて日常茶飯事《にちじょうさはんじ》だ。

だから今回、俺たちのクラスは各自の自宅からほんの少しずつ食材を集めつつ、市場や役場、老人ホームなど、協力を申し出てくれた施設から備蓄や配給分の食料を分けてもらうことにしていた。

……だが。

「……足りない……」

「だねえ……」

どうしても、足りないのだ。

今回出す予定の屋台は三つ。

たこ焼きと焼きそばと鯛《たい》焼きの三つだ。

これでも、ずいぶんと数を減らし、食材を集めやすいメニューにしたのだ。

小麦粉と中華麺は今でも比較的手に入れやすい。小麦粉は十分に備蓄があるし、中華麺は小麦粉からの生産が尾道《おのみち》内でも始まっている。

ただ——その他の食材で、ぽろぽろと欠けが発生している。

どうもギリギリ、メニューとして成立しなくなりそうな雰囲気……。

「……クラスで、もう一回だけ相談してみるかあ」

諦めて、俺は後ろ手に畳に手を突き息を吐いた。

「これが最後のチャンスって前提で話せば、誰かなんとかしてくれるかもしれないし……」

「まあ、そうだね……もしかしたら、ね……」

……二人とも、それでは無理だろうとわかりきっていた。

もうすでに、不足しそうな食材についてはクラスに説明してあって、何度も「誰か用意できませんか」と相談していた。

それでも集まらないのだから――無理なのだろう。

つまり、おそらく屋台村は実現しない。するにしても、酷《ひど》く小規模で料理も簡素なものになる……。

「……良《い》いアイデアだと思うんだけどなあ」

残念そうに、卜部はつぶやいた。

「屋台って、すごく良《い》いなと思ったんだけど……」

――実際。俺たちが屋台村をやろう、と決まるまでには紆余《うよ》曲折《きょくせつ》があった。

すでに、俺たち以外の学年は小中高全てでやることが決定済み。文化祭運営本部に報告もされていた。

それらにかぶらず、なおかつ実現可能なもの。

そんな企画はなかなか見つからず、クラス会は長時間に及んだ。

他に出た例と却下になった理由を上げると、
・メイド喫茶→さすがに世の中的にそういう気分じゃない
・おばけ屋敷《やしき》→この状況でおばけを怖がる気になれない
・猫カフェ→そもそも道端にいくらでも猫はいる
・田中《たなか》先生の歌謡ショー→ニーズがない

というような状況だった。

後半に行くに連れ、アイデアの質が落ちていったのがよくわかると思う。

そんな中、屋台村を提案してくれたのはかつて料理部に所属していたクラスメイトだった。

「毎年料理部、屋台村を作ってたんだけど。今年は部活でやらないから……」

彼女はそんな風に、控えめに提案してくれた。

「クラスでやれると、良《い》いかなと思うんだけど。いつも好評だったし……」

確かに、それは良《い》いアイデアだ。

他にやる予定のクラスもないし、屋台なんて出ればお祭り気分も一層盛り上がるだろう。

何より、食べ物を楽しめるのが良《い》い。最近では皆空腹にならない食事をするので精一杯で、そこに喜びを見いだす機会が減りつつある。だから、料理自体は普通のものでいい。材料にこだわる必要もない、どこにでもあるものを使って作ればいい。けれど、それを楽しんで食べることができれば、それは良《い》い非日常感になるような気がしたのだ。

だから、

「できれば実現したいんだけどな……」

ちゃぶ台の前で腕を組み、俺は小さくうなる。

「屋台村、やればいいんだけど……」

＊

「──そう」

評議会が接収した企業の会議室。

その席で、わたしは渡された資料に目を通し、深く息を吐いた。

「とうとう、その日が来るのね……」

言って、もう一度わたしはその書面を眺める。

記載されているのは──とある災害の、発生予測情報だった。

土砂《どしゃ》崩《くず》れや地震など、このところ災害自体は世界全体で頻発《ひんぱつ》しているけれど、その程度の規模のものではない。【天命評議会《てんめいひょうぎかい》】が発足してすぐ発生の兆候が噂《うわさ》され、これまで継続して注視してきた災害の発生予測だ。

規模は、おそらく有史以来最大。

その兆候こそが、この世界の混乱の大部分のきっかけである、なんて言説もあった。今となっては、それさえも事実なのか、ただのこじつけなのかわからないけれど。

──書類に記載されているのは、発生から被害規模拡大の範囲予測。

これからその災害が人口に与えるインパクトと、数時間後、数日後、数週間後、数年後の影その内容は——ほぼほぼ予想通りと言っていい。

いくつか立てられてきた予想ケースの、最悪のものとほぼ同一だ。

……そのことに、わたしはもはや驚かない。

もう、期待はしていなかった。だからただ、ああそうかと思う。水を飲み下すように、理屈として理解する。

……これまでだって、その前提で行動してきたのだ。

評議会ではもちろん、プライベートでだってそうだ。

頃橋《ころはし》くんに告白したのも、ここに書いてある予測が現実味を帯び始めたのがきっかけだった。

——頃橋くん。

頭によぎった、その名前。

凪《な》いでいた胸《むね》に、小さく痛みが走る。

そう——それだけが。

あの町で暮らす彼と、その周囲の人たちのことだけが、心残りだった。

わたしはもういい。期待をしていない。

わたしは知ってしまった。世界がそんなものであること。人間の条理というものが、世界に対してどれだけ無力で儚《はかな》いものかということ。

世界は最初からそうだったんだ。

わたしたちが知らなかっただけ。宗教や科学や哲学や、その他ありったけの力を使って、それを退《しりぞ》けようとした、目を背《そむ》けようとしてきた。

だから、もともとの姿を知っただけなんだ。世の中というものは人間の願いに関係なく回る。そこには救いも慈悲も道理もない。そんなものは、人間が生み出して、実在すると信じ込んだただの夢だ。そのことを、ここしばらくで世界中の人たちが実感した。

けれど――頃橋くんは。

尾道《おのみち》で暮らす人たちは、まだその夢の中にいる。

人類が歴史の中で積み上げてきた、条理や因果応報《いんがおうほう》、そういう天国の中にいる。

彼らを、そこから無理矢理《むりやり》連れ出すことになる災害。

初めて彼らが知ることになる、世界の真の姿――。

「……はぁ……」

――彼らの気持ちを思うと、胸がもう一度痛んだ。

どれだけ苦しむことになるだろう。どれだけ嘆くことになるだろう。本当に嫌なのは、そのことだけだ。あとはもはや、どうにもならない。そのことは、すでに受け入れられている。

――それから。

その災害が発生すると予測されている日付。

いくつもの日付にパーセンテージが表示されているその資料。

その数値が、最も高くなるのが——見覚えのある日付だった。


「……文化祭の日だなんて……」


——頃橋くんが、メッセージで教えてくれた日付。

文化祭をやるから、是非来て欲しいと言われた日。

その日が——発生可能性が、最も高いと予測されていた。

……もちろん、災害が起こるのは日本から遠く離れた国だ。影響が及ぶにはしばらく……早くとも数週間はかかるだろう。

それでも、そんな残酷な偶然に。これまで何度も繰り返されてきた薄情な一致に、わたしはぐらりと頭痛を覚える。

——考えるべきことは、山ほどあった。

おそらく、災害予測がここから大きく覆《くつがえ》ることはないだろう。

つまり、実際にここに書かれている通りのことが起こると考えて、準備を始めなくてはいけない。

そうなれば、評議会にすべきことは山ほどある。

——無意味なことを。

最終的には全て無駄になることを、それでもわたしは最後までやりきらなければならない。

だから——わたしはラインを起動。

深春《みはる》くんに向けて、メッセージを作成する。

ひとつだけ。そう、最後に願うことはひとつだけだ。

それ以外は、もはや期待しない。

最後に、せめてそれが叶《かな》いますように。

そんな願いを込めて、わたしは深春くんにメッセージを送る。

＊

居間のちゃぶ台にて。

引き続き、卜部と屋台の食材について悩んでいると、

「——ただいまー」

玄関の引き戸を開く音と、そんな声が聞こえた。

「うう[illegible]おかえり。今日は市場？」

視線をそちらに向けると、何やら荷物を背負った母が狭い三和土《たたき》で靴を脱いでいる。

「ちょっと急に、配給の調整が必要になってね」

「はー、大変だなー……」

――我が家の両親は。

かつて、観光客向けに『酒房《しゅぼう》ころはし』という店を経営していた父と母は、現在は尾道市《おのみちし》内での食料流通を統括《とうかつ》する部署で、調整役のような仕事をしているらしい。

もともと、食材を広く入手するため、両親は市場と太いパイプを持ち長年やりとりを続けてきた。そんな縁があって、混乱が生じ始めた頃から市場から相談を受け流通に関わるようになり、今では役所の農林水産課と連携《れんけい》しながら、備蓄の使用と生産の計画を立て実行する役割を担《にな》っている。

我が両親ながら、すげえ大役を仰《おお》せつかったものだなと思う。

食料の管理なんて、マジでこれからの生活の生命線じゃないか。

しかも、ここまでそれをそつなくこなすことができているっぽくて、もしかしたら父さんと母さんは、実はかなり仕事ができる人たちなのでは、なんて今さらながらに思い始めていた。

「……で、深春。絵莉《えり》ちゃん」

と、母親は台所で荷物を置くと、俺たちの元へやってくる。

どうしたのだろう、いつもだったらそのまま夕飯の準備を始めるのに……。

なんて訝《いぶか》しんでいると、母さんは一枚の紙をちゃぶ台に置き、

「その食材を用意できそうなんだけど……足りる？」

──そんなことを、言い出した。

「えっ……」

二人して、その紙を覗《のぞ》き込む。

そこにリストアップされているのは、あんこやキャベツ、ソースに豚肉……。

……まさに。まさに今回、俺たちが手に入らずに困り果てていた食材たちだった。

「え……いや、これがあれば、うれしいけど。ていうか完璧だけど……」

困惑する俺。

そんな俺の隣で、卜部も怪訝《けげん》そうに母さんを見上げ、

「でも、用意できるって、どういう……？」

「農林水産課でも、今回の文化祭を応援したいって話は出ていてね。足りない物資や資材はできる限り協力しよう、って話になっているの。それで、ここしばらくあなたたち、食材不足で困っていたでしょ？　だから、追加で用意できないかかけあってみたの」

「……ま、マジか！」

のリストを読み上げていることは何度もあったし、そのリストをちゃぶ台に放置したままだったこともある。必要なものを把握するのは、それほど難しくなかっただろう。

それでも……まさかこんな風に、用意をしてくれるなんて。

自治体まで巻き込んで、文化祭を支援してくれるなんて。

「文化祭前日には全部集まるから、役所まで取りに来てってさ」

それだけ言って、母さんは台所へ戻っていく。

「楽しみにしてるからねー」

「うん、あ、ありがと！」

「ありがとう、すごく助かります！」

卜部と二人、そんな母の背中に心からの感謝の声をかけた。

――うれしかった。

俺たちが、ひょんなことから始めた文化祭。

その企画がどんどん大きくなり、協力してくれる人が増えていった。

そしてついには、自治体さえ支援してくれるほどの規模になった。母さんまで、こんな風に助けてくれた。

それが――とてもうれしい。

こんな風になった世の中で、久しぶりに建設的なことをできた感覚があった。

流通が止まっても、尾道《おのみち》での自給自足が始まっても、電気が来なくなっても。やれることは、それでも残っているんだ。

そういうもので——繋《つな》いでいきたいと思う。

世の中がどう変わったって、こういう小さな祝福を重ねて、生きていくことができればと思う。

「……やったね、深春！」

「だな……」

「あーもう……マジでうれしい！」

——と、

「……っ!?」

——抱きついてきた。

卜部が勢いよく——俺に両手を回してきた。

ぎゅっとその腕に力を入れ、二、三度俺の背中を叩《たた》く彼女。

けれど、それもほんの数秒のこと。卜部はあっさり身体《からだ》を離すと、

「これで安心して割り振りとか決められる……ほんとよかったあ……」

そう言いながらノートに視線を落とした。

「[illegible]調理系とか、色々決めて、こう——

「あ、ああ、そうだな……」

――動揺してしまった。

久しぶりに、卜部とあんなに触れ合ったことに動揺してしまった。

細い腕と、服越しに伝わる体温。

肌の柔らかさと滑らかさ、鼻をくすぐる甘くて丸い香り――。

小さい頃は、あれくらい密着することもあったのだ。一緒にゲームしている最中や公園で遊ぶ最中、身体《からだ》がぴったりとくっつくことはあった。

ただ――こんなに大きくなってからは、初めてで。

日和《ひより》とはまた違う感触に、俺はどうしてもうろたえてしまう。

そして卜部も――わずかに頬が赤く見えるのは。目が普段より潤《うる》んで見えるのは、気のせいだろうか。あるいは、食材が用意できて感動しているだけか……。

……とにかく。

いつまでもうろたえていてもしょうがない。俺は一度咳払《せきばら》いして、改めて頭を回し始める。

母さんたちのおかげで、不安は概《おおむ》ね解消できたように思う。

あとは、調理方法をまとめてローテーションを組み、当日お店を開くだけ。

事前の試食なんかは必要だろうけど、それはそれで楽しそうだ。

「まあせっかくだし、みんなも文化祭見て回れるようにしたいな」

時間を、各自しっかり取れるようにしようか」

「その辺の調整は、梶《かじ》くんあたりに任せても良いかもな。俺らは小中との調整もあるし……」

――そんな風に、言い合っていると。床の上に放置していたスマホの画面が光った。

反射的に――日和からのメッセージだ、と感じる。

ここ数日も、時折まとめてデータが届く状況が続いている。一日に何度か、それまで送信されたメッセージや通知が一気に表示される、なんてことが。

けれど、これまで来ていたような出所不明のメールはずいぶんと減り、まともに届くのは日和からのメッセージがほとんどになっていた。それ以外の友人とも毎日直接会ってやりとりしているし、わざわざスマホなんて不確実な手段でコミュニケーションはしない。

だから――今回もきっと、日和からのメールが来たんだ。

さりげなくスマホを手に取り、俺は画面を眺める。

そして、何でもない風を装《よそお》いながらメッセージを確認する。

……なぜだろう、卜部の前ではどうしても、日和とのやりとりを隠したい気分になってしまう。別にそんな風に思う必要はないのに、後ろめたさを覚えてしまう。

日和『やっぱり、文化祭行けそうだよ』

日和『楽しみにしてます』

日和『それからね』
日和『その日、約束の件。答えを聞かせてもらえるとうれしいです』

連続して送られてきている、そんなメッセージ。

……約束の件。

そうか、そうだよな。

さすがに、そろそろ答えるべきだろう。あの日の約束を、まだ守る気があるのかどうか。評議会がなくなって、日和が普通の女の子に戻るときが来たら。俺は、彼女のそばにいるのか。

……答えはまだ、出ていなかった。

今も俺は自分の中で、彼女に対する気持ちを確信できていない。

けれど、

頃橋深春『うん、わかった』
頃橋深春『その日、ちゃんと答えるよ』

そう返して、俺はまたスマホを床に置く。

いつまでも考えるのではなく、もう覚悟を決めるべきだ。

彼女のことを忘れるでも、まだ気持ちを抱き続けるでも、どちらでも構わない。中途半端《ちゅうとはんぱ》な状況を、これ以上伸ばすべきではない。

「……ふう……」

息をついて、視線を前に戻した。

と、

「……な、何だよ」

じっと見ていた。

卜部が——ちゃぶ台の向こうから、俺の顔をじっと見ている。

肘《ひじ》を突き、真剣な表情で。言葉ひとつ発さないまま。彼女はその目を、迷うことなくこちらに向けていた。

「どうしたんだよ？　……ただ、見てただけか？」

「……ううん、ただ見てただけじゃない」

「じゃあ、何だよ……」

「……そろそろかなって思ってた」

「何が？」

「……わたしたち」

そう言うと、卜部はすっとその場に立ち上がる。

そして、母さんと共有している部屋に向かいながら、

「わたしたち……そろそろ変わらないとなって思ってた……」

「だから、何がだよ……」

そうこぼすけれど、卜部からの返事はなくて。

俺の問いは、ただのひとりごとだったみたいに畳の床に墜落していった──。

—第5話—
最後の日

「──みんな、お疲れ様でした」

──その朝。

文化祭当日の早朝。

わたしは──【天命《てんめい》評議《ひょうぎ》会《かい》】の所属スタッフ全員の前でそう話し始めた。

一時期は三百人を超えたスタッフ。それも徐々に減り現在では百人と少し。

その全員が──今、わたしの目の前。無人になったこの街の、ビルの屋上に集められている。

五月。

昇り始めた太陽に、雲は薄黄色に染められていた。

空は白から徐々に青みを帯びていく過程で、その下に広がる人のいない街は、眠りについているような静かさの底に沈んでいる。

──いつも、ミーティングは屋内で行っていたけれど。

セキュリティや機密情報の扱《あつか》いを考えて密室で行っていたけれど、今日はここで話したい。

こうして明けていく空を見上げて、吹く風を肌で感じながら、これからのことを話したい。

「ありがとう……これで、【天命評議会】の仕事はおしまいです。わたしがたちがやれることは、全てやれたのではないかと思います」

一度息を吸い、わたしはそう続ける。

「あとはまつこと志保《しほ》ちゃん、志願してくれた数人で最後の後片付けをするから、大丈夫。み

んなには　もう自由に暮らしてもらいたいと思っています」

そこまで話して——スタッフたちは。

怪訝《けげん》そうにしていた彼らは、何かを察したような顔になる。

……うん、そうだよね。

ここまで言えば、わたしが伝えたいのがどういうことなのかは、わかってもらえるだろう。

これまでずっと一緒に仕事をしてきたんだ、気付かないはずがない。

自分たちが何をしているのか、この世界がどういう状況にあるのか。

わたしが——わたしたちが。

一体、何に立ち向かっていたのか。

今日——世界は変わる。
これまでの世の中は、本日をもって終わりを告げる——。

わたしにできるのは『お願い』で人を動かすこと。

人の気持ちを、考えを、意思を書き換えることだ。

世界が紛争やらウイルス対策に明け暮れていた頃は、その力をまだ有効に使うことができた。

ひととひとの間で起きたことなら、『お願い』は強力に機能する。

けれど——今は状況が違う。

相手にすべきものに対して『お願い』なんてあまりに無力で、逃げ回ること、耐衝撃体勢《たいしょうげきたいせい》を取ることくらいしかできなかった。

そして、そんな事実を前に——。

皆の反応は——比較的穏やかなものだった。

ぼう然としている人もいる。泣き崩れている人もいる。

けれど興奮したり半狂乱になったり、過呼吸を起こすような人もいない。

これなら、わたしが評議会の脱退を申し出たときの方が、強い反応があったくらいかもしれない。

……やっぱり、心のどこかではわかっていたんだろう。

いつかこうなること。それに対抗する手段はないこと。

自分たちが、その運命を受け入れるしかないことを——。

「……もちろん」

と、わたしは彼らに語りかけ続ける。

「あなたたちを、この世界で投げ出すことはありません。この施設はしばらくは災害の影響を受けませんし、ここで暮らしてもらうこともできます。食料も可能な限り提供します。逆に……行きたい、ところがある、というような人がいれば、送り届けさせます。あとで各自、今後の希望を申し出てください」

——これが、精一杯《せいいっぱい》だ。

これまでずっとわたしに着いてきてくれた。危険を冒《おか》して力を貸してくれた評議会メンバーにできる、精一杯のこと。

こんなことで、彼らが救われたり気が楽になることもない。けれど、せめてできる限りの感謝を、そういう形で伝えておきたい。

「……思えば、あっという間だったね」

言って、わたしは息を吐いた。

「わたしが中学のときからだから……長い人で、四年くらいかな。本当に、ありがとうございました。力及ばずでごめんね」

そう言って——深く頭を下げると、何人かが泣きそうな顔で首を横に振る。

「色んなことがありました。ほんの少しの良《い》いことと、数え切れないほどの悪いこと。それでも、何もしないよりはよかったんじゃないかなと思います。ありがとう、そんな風にできたのはみんなのおかげです。本当に、たくさん助けてもらいました……」

そして……わたしはもう一度、メンバー一人一人の顔をできるだけ目に焼き付けてから。

「……あんまり長く話しても、しょうがないね。これで終わりにしましょう」

そう言って、彼らに笑みを作ってみせると。

静かに、こう宣言した――。


「これにて――【天命評議会】を解散します」

「みんな、改めてありがとう。それぞれ、良《い》いこれからを過ごしてください――」


まばらに上がる拍手。

それを背に、わたしはビルの中へ戻る。

同時に――わたしはただ一人の。

ちょっと不思議な力を持っただけの、一人の女の子に戻った。


「――まあ、なんつーか」

やってきた、評議会の執務室で。

荷物を片付けていると、志保ちゃんがぽつりと言う。

「ひとまず、お疲れ」

「うん、お疲れ様―

「これからも、用ができたら声かけてよ。わたし、ずっとここいるから」

「……そうだね、そういう機会があれば」

そう返しながら、わたしは小さくほほえむ。

そうか……考えてみれば。

評議会を解散する以上、志保ちゃんとの仲もここまでになるんだ。

短いけれど、あまりにも忙《せわ》しない毎日を一緒に過ごした仲だ。そんな彼女と離れることに、不思議な感慨《かんがい》がある。

「……どうだった？」

わたしたちのこれまでを総括《そうかつ》するように、わたしは志保ちゃんに尋ねる。

「評議会入って、色々活動して……。志保ちゃんはどうだった？　入ってよかったと思う？」

「思うはずないじゃん」

笑いもせずに、志保ちゃんは短くそう言う。

「評議会なんて入らずに、それまで通り暮らせてる方がよかったに決まってる。日和《ひより》ちゃんだって、それは同じだよ。こんなことしなくても済めば、一番よかったんだ」

「……それは、そうだね」

……志保ちゃんの言う通りだ。

わたしたちは、かつて期待していたんだ。

それまでの生活が永遠に続くこと。当たり前だと思っていたことが、当たり前であり続けること。その願いが叶《かな》えば一番よかった。

みんながいて、わたしは頃橋《ころはし》くんに片思いしていて、告白なんてできないまま毎日を過ごしていて――。

志保ちゃんは、東京《とうきょう》の優秀な女子大生。時々過保護なお兄ちゃんに構われながら、充実した学生生活を送る――。

叶《かな》わなかったビジョンを思い浮かべて、わたしは小さく唇を嚙《か》む。

「……でもまあ」

と、志保ちゃんは息を吐き、

「納得はできたよ。お兄ちゃんのこと」

こちらを向き、真面目な顔のままで言う。

「日和ちゃんは、最後まで戦ってくれた。名前とは違って全然日和らずにね。だからまあ、うん……」

そして――彼女は目を細め。

酷《ひど》く苦しそうに小さく笑うと――、

「評議会……入らないよりはマシだったかな……」

つぶやくように、そう言ったのだった。

「――じゃあ、さよなら」

施設に残る人々に見送られ。

わたしは――尾道《おのみち》に向かうヘリに乗るため、施設の屋上に来ていた。

すでに日は完全に顔を出し、景色は『早朝』から『午前中』の色合いになりつつある。

少し遅くなってしまった。早く文化祭に向かわないと……。

「ないと思うけど……もし、また会う機会があったら……そのときはよろしくね」

「そだねー」

わたしの言葉に、志保ちゃんはさっきまでの態度が嘘《うそ》だったように軽く笑う。

「またなんか、会っちゃいそうな気もするけどね～。でもまあ、バイバイだね」

「うん」

「……ていうかさ」

と、彼女はわたしの顔を覗《のぞ》き込《こ》み、

「なんだか……うれしそうな顔してるね～」

「……え、そう？」

全然自覚がなかった。

むしろ、気持ちが完全に凪《な》いでいる気がしていたから、意外だった。

「このあと、楽しみな予定でもあるの？」
「そう……だけど……」
うなずきつつも、わたしは微妙にそれがしっくりこない。
「そのせい、なのかな……」
確かに、文化祭は楽しみだ。
頃橋くんに会えること、彼や友達が作り上げた文化祭に行けるのは、純粋にうれしい。
それは、隠しようのない事実だ。
けれど——今、胸にある安心感。そして、期待。
それは、別のものによって生まれているものである気がする。
そして——なぜだろう。
その『別のもの』というのは、わたしがこれまで必死で退けようとしてきたもの。
つまり、『おしまい』によってわたしの中にもたらされている気がした。
迫り来るそれが、わたしを安心させ、期待を抱かせている——。
……そんな、わけのわからない気持ちに困惑しながら。
自分の感情に自《みず》ら《か》混乱しながら、わたしは評議会のヘリに乗り、尾道《おのみち》に向かった——。
——見下ろすと。

旅館に残ったスタッフ全員が、ヘリに向かって大きく手を振っているのが見えた。

＊

『——えー、というわけでございまして……』

スピーカー越しの声が、我ながら笑ってしまいそうなほどに震えていた。

『世の中がこのような状況だからこそ、お楽しみいただきたいと……このような文化祭を考えたわけであります……』

文化祭当日。

会場となっている小学校の校庭。用意されたステージの上。

俺は、主催者挨拶《しゅさいしゃあいさつ》のために、卜部《うらべ》とともにマイクの前に立っていた。

目の前には——校庭を埋め尽くさんばかりの人々がいる。

小中高校全ての生徒と、その家族。

そして、尾道《おのみち》に住む地域の人々……。

……こんなに人が集まったところを見るのは、初めてだ。

去年以前の文化祭も非常に賑《にぎ》わったものだけど、ここまでお客さんが来てくれるなんて……

しかもこんな朝早くからなんて。

完全に、予想外だ。予想以上だ……。

そのせいで、

『えー今回、たくさんの方からご協力をいただきました……。尾道《おのみち》市役所の農林水産課、観光課、市民生活部の皆さん。向島《むかいしま》支所や消防局の皆さんにも、お力お借りしました……』

——緊張していた。

もう、生まれて初めてというレベルで緊張していた。

暗記してきた挨拶原稿はとっくに飛んでいる。

混乱しきった俺は、ひとまず落ち着こうとこれまで世話になった人々の名前を無駄に列挙していた。

『三軒家《さんげんや》小学校PTAの皆さん……あ、PTAだけでなくOBの方もですね、それから……土《つち》堂《どう》中学校PTAの皆さん、OBの皆さん。そうそう、その繋《つな》がりで、商工会議所の——』

「——話なげーぞ！」

「——早く開催してよー！」

そんな声が——客席から上がった。

「——集会のときの校長かよ！」

「——そろそろ貧血で倒れそー！」

ヤジごっこ。あからさまなヤジごっこ。

トキリとして声の方を見れば……なんと、大橋と天童さんだ。二人がニヤニヤ笑いながら、こちらに向かって大声を上げている。

あいつら……！　仲間だと思ったのに何なんだ！

こっちだって初めてのことでめちゃくちゃ上がってるんだよ！

思わず言い返そうと口を開くと――、

『――とまあ、数え切れない方々の協力で、こうして本番当日を迎えることができました』

――隣に立っていた卜部が。

ごく自然に挨拶に加わり、それを引き継いでくれる。

『物資の調達や今日の運営にも、お力添えいただいています。ありがとうございました』

――その声を聞きながら。

卜部の落ち着いたしゃべりを聞きながら、俺は頭の混乱があっという間に治まっていくのを感じる。

……おお、マジかよ。やるな、卜部。

これだけの人を前にして、そんなに落ち着いてしゃべれるのか。

教師を始めたときも思ったけど、こいつ意外なところで意外な才能を発揮するよな……。

『――情勢上、開催は本日一日だけとなります。ですからその分、特別で楽しい一日にできればと思っています。是非、一緒に盛り上げていただければ幸いです』

片耳で彼女の声を聞きつつ、会場に集まった人々の姿をざっと見回す。

いつも授業を教えている小学生たち。その先生。

大橋も橋本《はしもと》も梶《かじ》くんも、天童さんも校庭中央辺りに集まっていた。

俺の両親や、その周囲の役所の人々。そして、勅使河原《てしがわら》先生とそのお父さん。

……日和の姿は見えないけれど。

今日来るはずの彼女の姿はまだないけれど、何か事情があって遅れているだけだろう。最近も忙しそうだったし、まだ慌《あわ》てることはない。

……うん、いけそうだな。

おかげでこっちも冷静になれたし、気合いも入った。

『……ということで』

卜部がこちらをちらりと見て、話をそう切る。

最後の挨拶は、一緒にすると決めてあった。

だから、俺は大きく息を吸い込むと、

『……それでは、皆さん』

そう前置きして、卜部と息を合わせると、

『尾道《おのみち》総合文化祭——開会です！』

そう――大きな声で宣言した。
同時に、小中高の合同吹奏楽団の盛大な演奏が始まった――。

＊

「――深春《みはる》、迷子だって！　中野《なかの》先生が受け付けて、センター連れてってくれた」

「おー、おっけ。やっぱり出ちゃうよなあ、迷子……」

――運営本部となっている、三軒家小学校職員室で。

俺と卜部は、運営委員としてばたばたと慌ただしく働いていた。

その場にいるのは各学校から集められた有志の生徒と教師たち。合わせて十数人ほど。

かなりの人数がいるけれど、皆初めてのことで勝手がわからず、手探《てさぐ》りでなんとか運営に当たっていた。

俺も迷子に関して、卜部と短く相談してから、

「じゃあちょっくら、放送頼むか。俺、センターで詳細把握《しょうさいはあく》して、放送室行ってくる！」

「うんごめん、よろしくね！」

言い合って、職員室を出て迷子センターへ向かう。

予想はしていたけれど、こういうトラブルはどうしても起きてしまうらしい。

その前提で、運営本部の人員を厚くしておいて本当によかった……。

——今日、俺と卜部は一日こんな感じで過ごす予定だった。

クラスメイトたちは校庭の片隅で屋台村をやっているけれど、俺たち二人は本部で控えていることになる。

……もちろん、ちょっと残念だけど。

屋台の売れ行きも気になるし、調理や接客もしたいけれど、当日の運営方法を考える中で、店番をする余裕はないと判断した。

まあ……これも言い出しっぺの責任だろう。

全体で大きなトラブルが起こらないようにするのが、俺と卜部の第一の責務だ。

屋台のことはクラスメイトに任せて、俺たちは俺たちでしっかり役割を果たそうと思う。

ただ……やっぱり気になって、廊下から校庭を見下ろす。

ここからは、ちょうど屋台村の辺りが見えるはずだ。

そして、

「……おお、盛況！」

ガラスの向こうの景色に、俺は思わず声を上げてしまった。

混み合っている。

ここに出ている屋台の前に、行列ができるほどに賑わっているようだった。

よかった……食べ物系は人気になりやすいだろうと思っていたけど、予想が当たってくれたらしい。

屋台村の周囲には、焼きそば、たこ焼き、鯛《たい》焼きをおいしそうに頬張《ほおば》っているお客さんたちの姿もあって、こちらまでうれしくなってしまう。

「……よし」

なんだか元気が出て、センターに向かう足を速めた。

迷子になったというその子が、無事ご両親と会えるようしっかり放送を依頼しよう。

きっとお父さんお母さんも、心配しているはず……。

「……」

そして、もう一度屋台に目をやり。

俺は、少なくともその周囲に日和がいないようなのも把握する。

……いつ頃、来てくれるんだろうか。

約束の返事を聞きたい、と言ったのは日和で、なのに遅れるということは何かあったんだろうか。

そして――俺はどんな風に、彼女に答えれば良いだろう。

それをまだ、俺は自分の中ではっきりさせられていないのだった――。

「――ええ、音が混ざる⁉」

「そうなんです、そういう意見が出ていて……」

迷子の放送から、数十分後。

無事、子供とご両親を引き合わせるのに成功したあとで、俺は新たに発生した問題の現場にいた。

「ほら、吹奏楽のステージがそこにあるでしょう？　で、先生のステージがここ……。近すぎるんですよ……」

俺と卜部がいるのは――田中《たなか》先生の、カラオケステージだった。

自らスピーカーと音源を用意し、小さな舞台に乗って歌う彼個人のステージ。

最初、クラスの出し物としてやろうとしていたのを全会一致で却下され、それでも諦《あきら》めきれなかった田中先生は個人でこんなステージを出すのに至ったのだった。

なお、使われているスピーカーは、電力を浪費できないからと田中先生私物のバッテリーに繋《つな》がっている。そのバッテリーも、しばらく前からこつこつ太陽光充電して電力満タンにして
、こ[illegible]、この人は律儀《りちぎ》なんだか適当なんだかよくわからない。

「歌自体は、好評らしいんですから……」

あきれるあまり笑ってしまいながら、卜部は説得にかかる。

「何か、他に良《い》い場所を見つけて移動してもらえませんか？　こちらも、辞めろとまでは言いませんから……」

――驚くべきことに。

俺たちもまったく予想していなかったのだけど、田中先生の歌はうまかった。

音程は正確だしリズムもずれないし、何より歌っている曲への愛情も感じる。

そう言えば、学生時代はインディーズのバンドをやっていたと言っていた気がする。

だからそうか……なんというか、音楽の授業的なうまさと言うよりは、Ｊポップ的なうまさなんだな、この人の歌い方は。

ちなみに、選曲は90年代の人気曲がメインで、俺の両親世代に刺さりまくるのか、カラオケステージの周囲にはかなりの数のギャラリーが集まっていた。

「うーん、移動と言ってもなあ……」

けれど、田中先生は渋い声だ。

「会場見て、歌えそうなのがここだけだったんだよなあ……」

と、彼はちらりと吹奏楽部ステージの方を見る。

現在演奏しているのは、偶然にも田中先生と同じような選曲。

ゼロ年代前半のポップソングの、吹奏楽アレンジのようだった。

懐《なつ》かしいな、俺もこの曲は、小さい頃に両親が聴いていたから覚えがある……。

と、

「……そうだ！」

田中先生が、ふと思い付いた顔になる。

「吹奏楽をバックバンドに、歌わせてもらえないだろうか⁉」

「……は⁉」

「ほら、吹奏楽部って結構ポップスもやるだろ？　今やってる曲とか、前に演奏してるのも俺歌える曲だったし……だから、いくつかコラボさせてもらえないか相談するんだよ！」

「は、はあ……」

思わず、生返事をしてしまった。

コラボ……。確かにできなくはないのかもしれないけれど、こんないきなり……？

しかも、学生を押しのけて自分が主役になるような形で……？

「よし、ちょっと交渉してくるわ！」

言って、田中先生は吹奏楽部ステージの方へ駆け出した。

「コラボできるようなら、させてもらう！　無理なら無理で、音がかぶらないよう演奏時間の

「そ、そうでした……」

卜部と、その背中を見送りながら。

「……これは、これで解決、ってことでいいのかな？」

「まあ、一旦いいんじゃねえの……？」

俺たちは、ぽかんとそんなことを言い合ったのだった。


ちなみに――その後。

ステージの方からは、吹奏楽をバックにした田中先生の歌声が聞こえていた。

どうやら、交渉は成立したらしい。

客席からは、これまで以上に大きい歓声も上がっていて、大好評を博しているようだった――。

＊

――田中先生の相談を聞き終え。

ちょっと寄っていこう、と卜部と屋台村へ向かう途中。

彼女の隣を歩きながら――俺は一人、戸惑っていた。

自然に、卜部に手を握られていた。

今だけじゃない、田中先生の元へ向かう途中もそうだった。

なぜか今日。卜部は二人だけになると、俺と手を繋《つな》いでくる。

そんなこと、これまでなかった。急にそんなことをする、意図がわからなかった。

……単に、はぐれそうだからかもしれない。

これだけ一箇所に人が集まるのは久しぶりで、実際に迷子も何人も出ていた。そのうえ、今はスマホもろくに使えないんだ。一度はぐれてしまえば色々とやっかいなことになりかねないから、離れないようこうしているだけかもしれない。

……けれど、俺は先日卜部が言っていた言葉を思い出してしまって。「わたしたち……そろそろ変わらないとなって思ってた……」というセリフが頭に浮かんでしまって。どうにも、隠しきれないほどにドギマギしてしまうのだった。

何かこれには、意図があるんじゃないのか……。

変わらないと、と思った結果がこれなんじゃないか……。

けれど、

「……おお、大盛況だな」

「だね、よかった……」

[illegible]、卜部は自然に手を離した。

「行列……十分待ちくらいかな」

「だな、もうちょい伸びたら整理が必要かも……」

それぞれの屋台の前には行列ができて、それぞれの調理担当、接客担当のクラスメイトたちが目の回りそうな忙しさで働いている。

そして――中でも一番人気の焼きそば担当をしているのは、大橋と橋本。それぞれ調理と接客を担当している二人だった。

彼らは目の前のお客さん、同世代っぽい男子の焼きそばを用意しつつ。

「――うわーマジかよ！」

「よかった……心配してたんだよ！」

何やら酷《ひど》く熱心に、お客さんと会話をしていた。

「ごめんごめん、向島のさ、ばあちゃんちに行ったっきり帰れなくなってて。連絡も返せなくてさ」

「そっかー。まあしゃあねえよな、連絡手段ないし」

「だね。元気だったの？　ウイルスとか、大丈夫だった？」

「ああ、俺の家族はな。ばあちゃんは、あれだったけど……もともと九十超えてて。本人も、これはもう寿命みたいなもんだって納得してるみたいで」

……と、橋本の目がこちらを向き、

「おーい、頃橋！」

なんて、珍しくテンション高く俺を呼んでいる。

「おうどうした。もしかして、こちらのお客さん知り合い？」

「そうなんだよー！」

ちゃっちゃ！　と手早く焼きそばをかき混ぜながら、大橋が言う。

「中学のとき、俺と橋本とこいつでよくつるんでてさ。それこそ今の頃橋みたいな感じだな」

「でも、ここしばらく連絡がつかなくなってさ……」

焼きそばの入ったパックに輪ゴムをかけつつ、橋本は眉を寄せる。

「大橋と、どうなってるんだろう。無事なのかなってずっと心配してたんだ。それがね、こうやって偶然会えてさ……」

「あれ……君は」

と、列に並んでいた大橋、橋本の友人はこちらを見て、

「この文化祭、主催してた人だよね？」

「ああ、うん。そうですね……」

「……本当にありがとう」

両手で俺の手を掴み、ぎゅっとそこに力を込めた。

「ありがと、こんな祭りを計画してくれて。おかげで、大橋と橋本にも会えたよ……」

「……いえ、楽しんでもらえたら幸いです」

……なんだかそれにじんとしてしまいながら。

自分たちの用意したこんな祭りが、人と人の再会の舞台になれたことに感動しながら、俺は彼にうなずき返した。

「あの、もしよかったら、大橋橋本ともっと話していってください。二人の店番が終わるのは……一時間後くらいか。ちょっとかかっちゃうんですけど、その後はもう自由の時間になるんで」

「……あー、一時間かあ」

と、彼は校舎の時計を見上げると困った顔になり、

「俺、もうしばらくしたら行かなきゃいけなくて……。だから、話をするのはまたの機会かな……」

「えーそうなのかよ！」

「せっかく、また会えたのに……」

酷《ひど》く残念そうな大橋、橋本。

「しゃべりたかったなあ、積もる話もあるんだけど……」

……ふん、どうしたものか。

確かにそりゃ、話したいよなあ……。

せっかくこんな機会で会うことができて、しかもこんなご時世で連絡もつきづらいんだ。次にそういうチャンスがいつ訪れるかはわからない。

けれど、屋台を空けるわけにはいかないし、かといって……回りに手の空いているクラスメイトはいないし……。

「……深春さ」

ふいに、背後から声が上がった。

振り返ると——卜部がこちらを覗《のぞ》き込み、

「代わってあげたら？」

「……へ？」

「わたしが、本部は回すから……橋本と大橋、代わってあげたら？」

「……え、だ、大丈夫なのか？」

思わず、素のトーンで尋ねてしまう。

本部の仕事……これまでも結構忙しかったけれど、一人で大丈夫か？

「うん。多分大丈夫だと思う。だってほら、このあと中学の方のステージが終わるから、有志の生徒が手伝いに来てくれるでしょ？」

言われて手元の資料を確認すると……卜部の言う通りだ。

確かに、この後人員が本部に補充されることになっている。これなら、なんとか回せるかもしれない。

「そ、そうか……でも！」

と、今度は俺は、屋台の方を見て、

「こっちを一人では……無理だろ」

大橋と橋本の、忙しそうな働きぶりにそう言う。

焼きそばの調理、パックへの盛り付け。

お客さんへの注文聞きと、代金、おつりの受け渡し……。

慣れれば一人でできるんだろうけど、俺はずぶの素人《しろうと》だ。

そのうえ、屋台の前には行列ができている。あんまりもたもたして、お待たせしてしまうわけにもいかない。

さすがに、これをワンオペは無理がある……。

けれど、

「……まあ、確かに一人は無理だよね」

なぜか――卜部は意味ありげな顔でこちらを見ている。

「けどさっきここに、手伝ってくれそうな人が一人来たんだけど……」

言って、彼女が一歩避けたその後ろには。
卜部の背後には、一人の女の子がいる──。
短めの茶色い髪に、素朴ながらも整った顔立ち。
少し焼けた頰に、柔らかそうに伸びる手足──。
「……日和……」
──彼女だった。
今日一日、その姿を会場中で探し続けていた。
俺の元恋人である彼女が──そこにいた。
いつものように制服を着て、「どうしたの?」という顔で立っている日和。
……いつの間に来たんだろう。
話に夢中で、まったく気付いていなかった。
いつからそこにいたんだろう……。
……いや、そんなことは後回しだ。今は時間がない、日和に事情を説明しないと。
「……あ、あの、日和!」
彼女の前に駆け寄ると──俺は鈍い緊張感を覚えつつ。彼女に事情を説明した。

——大橋と橋本が、偶然友達と再会して」

「——けど、友達すぐに行かなくちゃいけないらしくて」

「——大橋と橋本に、時間を上げたくて……」

そして——、

「……だ、だから」

心臓が、胸の中で暴れ回っていた。

手の平から汗が滲《にじ》んで口はもうからからで——、

「俺と……店番してくれないか⁉」

それでも——俺は日和に言う。

「一時間だけでいい！　調理は俺がやるから……一緒に、屋台やってくれないか⁉」

「……そういうことかあ」

ようやく理解できた様子で、日和はうなずく。

そして、何やら楽しそうに笑うと、

「うん、やるよ」

俺たちに、端的にそう言ってくれたのだった。

「お店番。頃橋くんと、やらせてもらいます——」

＊

――正直、こういうのは得意ではないんだろうと思っていた。

俺の知る限り、日和は決して器用な方ではない。

おどおどした性格もあって体育は苦手なようだったし、委員会の仕事なんかでも、簡単な雑用を任せられることが多いようだった。

けれど、

「――ここにパックが二種類。こっちが並でこっちが大盛り。輪ゴムはここでおはしはここ。ビニール袋はこっち。で……」

二人揃《そろ》いのはっぴを着て、屋台に入ったところで。

俺の説明を受けるでもなく、日和は持ち場を確認。

作業内容を自分で把握し始める。

「金庫はここ……。あ、青のりと紅ショウガは、こっちでやる感じ？」

「う、うん……青のりは一振りで、紅ショウガはひとつまみくらいで……」

――手際《てぎわ》がよかった。

日和は俺が思っていたよりもずっと、手際よく接客の動きを理解していった。

そして
「よし、じゃあ始めるか……」

「うん、よろしくね、頃橋くん！」

実際に始まった接客。

ずらっと並んだ列を前にして、日和は獅子奮迅《ししふんじん》の活躍を見せ始める。

「はい、そちらのお客さんいくつですか？　大盛りと並一つずつ。ありがとうございます、お二つで五百五十円です。はいお先にこちら、お待ちのお客様、並二つです。熱いので気を付けてくださいね」

目にも留まらぬ早さだった。

こちらが把握できないほどの速度で、日和はお客さんと焼きそばとお金の処理をこなしていく――。

「……すげえな……」

思わず、そんな風にこぼしてしまった。

正直……クラスの誰よりも機敏なくらいかもしれない。

一応、準備段階でみんなで練習したこともあって、俺もクラスメイトの接客速度は概《おおむ》ね把握している。

皆それぞれ得意不得意がある中で、特に早かったのは天童さんだ。

どうやらコンビニでバイトをしていたことがあったらしい。接客に慣れているおかげで、むしろ他のメンバーも彼女の動きから良《い》いところを盗みながら、仕事の仕方を学んでいったところがある。

けれど日和は――その天童さんも超えていた。

正確で迅速な客さばき。そのうえで、顔には笑みも浮かべていて愛想《あいそ》もいい。

――本職かよ、と思うような。もともとずっとこの仕事をやってたんじゃ？　と思うような仕事ぶりを、日和は見せてくれていた。

対する俺は、ちょっと足を引っ張っていたかもしれない。

今回の調理方法は、俺が母親から教わり内容をまとめ、自分でもできるようになったうえでクラスメイトに伝えたものだ。

だから、俺は俺で自分の仕事ぶりに自信があったのだけど、それでも……こんな日和が隣にいては、ここまでできる日和が隣にいては、若干《じゃっかん》気圧《けお》されてしまうところもあるのだった。

「はい日和、これ大盛り三つ！」

「ありがとう、お待たせしましたー大盛り三つ、九百円です！」

――そんなめまぐるしさの中。

目の回るような忙しさの中――それでも俺は考える。

きっとこのあと、約束の話になるんだろう。

えることになる。

「【天命評議会】なんていらなくなって、わたしが普通の女の子に戻る日が来たら。そのときは——わたしの隣にいてくれる？」


——もう、細かいことはわからなかった。

【天命評議会】がいらなくなる日なんて来るのか。

日和が普通の女の子に戻る日が来るのか。

そんなことは——わからない。

世の中のことなんてほとんど今は見えなくて、日和が何をしているかだってわからない。

だから、その問いに正確に答えることは不可能だ。

俺には知らないこと、わからないこと、触れられないことが多すぎる。

ただ——日和だって、そういうことを確認したいわけではないんだろう。

俺の冷静な判断だとか、理性的な結論を聞きたいわけじゃない。

むしろ知りたいのは——きっと俺の気持ちだ。

俺の中に、まだ日和に対する気持ちが残っているのか。

俺はまだ——日和に恋をしているのか。

麺全体にソースをかけながら、ちらりと日和の方を伺う。

制服の上に、なんだかちょっと気恥ずかしいはっぴを着ている日和。

茶色いその髪と日焼けした頰。穏やかにほほえむ目と、緩いカーブを描いた口元。

そんな彼女が隣にいることには、確かにまだ淡い胸の痛みを覚える。

自分の中にこみ上げる、名前のわからない感覚がある。

そのことは、間違いないんだ。

——けれど。

けれど……、

「……」

「……橋くん……頃橋くん！」

「……お、おう！」

名前を呼ばれて我に返った。

「ご、ごめんぼーっとしてて。どうした!?」

準備お願いしておこう」

「わかった、ありがとう！　お待たせしました次のお客様！　はい、並が二つ！」

こちらに笑顔を向けてから、きびきびと接客に戻る日和。

その景色に、俺は強い違和感を覚える。

——知らない人のようだった。

そこでくるくるとパワフルに働く日和は——俺の記憶の中の日和と、どこか小さくずれてしまっているような気がした。

……考えてみれば、当たり前のことなのかもしれない。

離れて四ヶ月も経《た》ったんだ。

その間に、色んなことだって起きた。

尾道《おのみち》に災害が多発して、同じ街に住む人がたくさん亡《な》くなって、家族の構成さえ変わった。

平和な街にいた俺でさえそうなんだ。

世界中を飛び回ってきた日和は、もっと大きな変化に晒《さら》されたのかもしれない。

ごく身近な人が亡《な》くなったり、命が失われる瞬間《ま》を目の当《あ》たりにしたり、あるいは……自分が命を奪《うば》う決断をしたり。

——変わらないはずがない。

日和もそうだし、俺だってそうだ。

俺も彼女も、もう四ヶ月前の自分とは違う。

関係性が変わったって、なんの不思議もない――。

――じゃあ、と、俺は改めて考える。

じゃあ、俺は今、日和にどんな気持ちを抱いているのだろう。

胸の中にわだかまる強い気持ち。

それには、一体どんな名前がつくんだろう……。

完成した焼きそばをパックに詰めながら、俺はそんなことをぐるぐると考え続けていた。

*

『――ということで、惜しくも閉会の時間となってしまいました』

時刻が日暮れに近づき。

俺と卜部は――再びステージの上に立っていた。

マイクを手に、俺は改めて観客に語りかける。

『どうでしたでしょうか？　尾道《おのみち》総合文化祭。初めての試みで、僕自身緊張していたんですがりな気がするんですが、もう終わりなんて……』

卜部のその言葉に、校庭に集まった観客たちがうんうんとうなずいた。

老若男女《ろうにゃくなんにょ》問わない、最近ではめっきり見かけなくなっていた大規模な人だかり――。

日はすでに、西の空に大きく傾いている。あと一時間もすれば辺りは真っ暗になってしまうだろう。

暖色の光に照らされる会場は、すでに祭りの終わりの気配を強めつつあった。

売り物がほとんどなくなって閑散としたバザー会場と、演者のいなくなった吹奏楽部ステージ。俺たちの屋台村も店員と客がいなくなり、物寂しい雰囲気に拍車をかけている。

『……最近、世の中が本当に大変ですからね』

そんな景色をしっかり目に焼き付けながら。

俺はもう一度、マイクに向かってそう話しかける。

『色んなことがめちゃくちゃで、みんな生きていくので精一杯で……。いなくなってしまった人も、たくさんいますし……』

――その言葉に。

俺のそのセリフに、卜部が息の詰まったような表情になる。

そうだ――卜部の失ったもの。

卜部と凛太《りんた》が失ってしまった、大切な家族。

そういう苦痛を味わってしまった人が、この校庭にたくさんいる。

彼らは、自分が笑顔で暮らせるようになることなんて、ないと感じてしまっていたかもしれない。この苦痛は永遠に続いて、もう幸せなんて永久に来ないと感じてしまっているかもしれない。

なんせ——俺でさえそう思うのだ。

家族を失っていない、昔からの友人は全員生き延びている俺でさえ、そう思ってしまうのだ。

——いつか、不幸がデフォルトになっていた。

苦痛であるのが当たり前で、幸せであるのが特別なことになってしまっていた。

だから。

だからこそ俺は、もう一度口を開き、

『……抗《あらが》っていきたいと思うんです』

目の前の皆に、そう言う。

『そんな状況に、流されていくことしかできない現状に、自分の意思で抗ってみたいと思うんです。だから、またこんな文化祭ができればと思ってます。毎年の、恒例行事にしたりしてね』

見れば、彼女はその目に涙を浮かべて――俺に笑いかけている。

『またやろうか、これ。で、十年、二十年って続けて、お互いおじいさんおばあさんになった頃にさ、「今は伝統になったこの祭り、わたしたちが始めたんだよ」って自慢してやるの』

『……ああ、いいね！　やろうそれ。伝統を、俺たちで作っちゃおうぜ』

――想像してみる。

数十年後、俺たちが大人《おとな》に、老人になった姿。

その頃は、さすがに卜部と同居はしていないだろう。

お互い結婚したり家を出たりで、それぞれ別に生活しているはず。

大人になった俺たちは……どんな感じなんだろうな。俺は今よりも、頼りがいのあるやつになれているだろうか。卜部も、こう見えて面倒見がいいタイプなんだ。もしかしたら本当に先生になって、小学校辺りで教頭先生とかになっているかもしれない。

子供だって、いるかもしれないよな。

お互い誰かと結婚して、子供や孫がいるかもしれない。

……どうなっているんだろう。

本当に、想像がしきれない。

俺や日和が、四ヶ月でこれだけ変わったんだ。きっともう、俺たちは数十年後、思ってもいなかったような大人になっている。

そして——思う。

そのとき、俺は日和とどんな関係なんだろう。

そばにいることができているんだろうか。

あるいはすでに距離ができて——今のことはもういい思い出になっているんだろうか。

——そんなイメージに。

頭の浮かぶ未来の予想に、胸が小さく痛みを覚えた。

『……ごめんなさい、長くなっちゃいましたね』

咳払《せきばら》いして、俺はもう一度前を向く。

いつまでも終わりの挨拶を続けるわけにもいかない。そろそろ締《し》めなくては。

『ということで、皆さんありがとうございました。特に、今回きっかけをくれた三軒家小学校の皆、ありがとう』

『また来年も、是非ここでお会いしましょうね』

そして——俺は大きく息を吸い込み、マイクを口から外すと。

大きな声で、会場全体にこう宣言した。

＊

「――よー頃橋、卜部さん！　お疲れ！」

「良《い》い挨拶だったね！　ちょっと僕泣きそうになったよ……」

ステージを下り、片付けの始まった屋台村へ向かうと。皆が笑顔で俺たちを迎え入れてくれる。

満面の笑みの大橋に、何やら橋本は涙ぐんでいる様子だ。

梶くん、天童さんもそれに続いて、

「マジで毎年やろうね。まあ、来年俺ら高校出てるけど、実行委員とかはやれそうな気もするし……」

「わたしもやりたーい！　今年より規模大きくしてさ、盛大にやろうよ！」

「おう……そうだな……」

そして――そんな俺に。俺たちに。

「お疲れ様」

同じく輪の中にいた日和が、そんな風に声をかけてくる。

「頃橋くんも卜部さんも、挨拶うまいね。あんなたくさんの人の前で、堂々と話してて」

「いやあ、実はめちゃくちゃ緊張してたけどな……」

言って、俺は日和に苦笑いしてみせる。

「ドキドキしすぎて吐きそうだった……。まあでも、無事に終わってよかったよ」

「というか、そっちこそすごかったらしいじゃん」

卜部はそう言い、日和に小さく首をかしげ、

「屋台の店番。お客さんの間でも話題になってたよ、完全にプロだって。なんか、そういうバイトとかやってたの？」

「ああ、まあ、そうだねえ……」

ちょっと考える顔になってから、日和は卜部に笑いかける。

「ここしばらく、色々仕事してたから……なんかちょっと、慣れてたのかも……」

「……ふうん」

「で、このあとはさ」

訝《いぶか》しげな顔の卜部にかぶせるようにして——大橋がそんな声を上げる。

「どうする感じ？　屋台全部片付けちゃう？」

「ああ、それなんだけど……」

その流れに、若干不自然なものを感じながら。

[illegible]、俺は大橋に答える。

ある程度にしておこうって、本格的な片付けは、明日の地域作業の時間でやる感じで」

「おう、了解！　じゃあ今日は、最低限食材系の処理だけはって感じかなー。ちょっと、みんなと手分けしてくるわ」

言いながら、クラスメイトたちの方へ向かう大橋。

……もしかしたら。

もしかしたら、さっきの大橋。日和の『お願い』で動かされたんじゃないか？

日和はこれ以上卜部に追及されないよう、『お願い』で大橋に話の流れを変えさせたんじゃないのか……？

今や日和は、口に出さずとも『お願い』で相手を動かすことができる。

だとしたら、実際にそういうことも可能で。そんな風に、回りの友人を操《あやつ》ってしまうことも可能で……。

……そして、今の日和なら。

それを、やりそうな気がしていた。

以前の日和なら、ためらったであろう友人への『お願い』を、なんの迷いもなくやってしまいそうな気がした。

——そんな事実に。

そして――そんな風に思ってしまう俺自身に。

やっぱり……もう、無理なんだろうと思う。

あれから、ずっと考え続けていた。

日和との約束のこと。俺の中にある、彼女への気持ち。

確かに、今も日和を見ていると胸が痛むのだ。わけのわからない苦しさに襲われる。

でもそれは――きっと感情の残滓《ざんし》でしかない。

今ここにいるのはかつて恋人同士だった、そして今はそうではなくなってしまった二人だ。

関係性も、そして何より人間としても大きく変わってしまった。

だとしたら――戻れない。

俺は、日和の方を見る。

日が暮れていく屋台村の中。

大橋に呼ばれ、片付けに向かう彼女の後ろ姿――。

その背中を、呼び止めることができない。

と、

「……あれ」

早速、屋台の片付けを始めてくれていた梶くんがそんな声を上げる。

そちらに歩み寄りながら、俺は彼に説明する。

「かなり多めに用意してたんだけどな。親とも話して、最後に余るくらいにして残りは全部クラスで食べようって。でも、閉会ちょっと前に綺麗《きれい》になくなってさ。売り切れになったわ」

「へえ、そうか。まあでも、思ったよりずっとお客さんも来てくれてたもんな」

「うん、大盛況で、ありがたかったわ……」

――ざっくりと、カウントした結果。

この文化祭全体で、お客さんは当初の想定の1.2倍ほどが来てくれていたようだった。

予想の段階で「ちょっと盛りすぎか？」「こんなに来ることはないだろう」なんて話していたから、完全にうれしい誤算だった。

そして当然、屋台村にも思っていた以上にお客さんが来てくれて、全屋台が閉会を前に売り切れ。食材を余らせることもなく、文化祭を終えることができた。

――けれど。

「……青のりと、紅ショウガ」

梶くんが、不思議そうに青のりを入れる調味缶と、紅ショウガのタッパーに目をやる。

「この二つは俺担当だったけど、多めに用意したんだよ。ほら、ばたばたしながら最後に添えることになるから、こぼしちゃうかもなって思って。だから、日持ちもすることだし食材の方よりかなり多めに持ってきたんだ。なのに」

言って、彼は調味缶とタッパーをこちらに見せる。

「……空っぽなんだ」

梶くんの言う通り。

朝にはたっぷりと青のり、紅ショウガが入っていたその容器は——すっからかんになっていた。

「どうしたんだろ？　誰かこぼしたりしたのかな……」

「あー、かもね」

うなずきながら、そんなところだろうと思う。

青のりは一振り、紅ショウガはひとつまみ。そのルールで作っていたんだからそんなに予定の消費量から差が出るはずはない。となれば、誰かがこぼしてしまったんだ。

まあ……このご時世で、もったいないけど仕方がない。

皆で作る以上事故はどうしても起きてしまうし、不問にしてさっさと片付けを始めよう。

——なんて思ったけれど、

「……あー、あの」

と、ふいに声が上がった。

声のした方を見れば——日和が、小さく手を上げ。酷《ひど》く申し訳なさそうに、皆にこう言う。

「自分の判断で……おまけで多めに入れちゃってました……」

「……おー、マジか」

梶くんが、そう言って笑う。

「マニュアルより多く入れてたの？」

「う、うん……青のりは二振りくらいで、紅ショウガはどさっと……。その方が、うれしいかなと思って……」

「なるほどー、そういうことか……」

うなずいて、もう一度手の容器を見る梶くん。

けれど……その表情は決して不快そうでも、怒っているようにも見えない。

むしろ、どこか愉快そうな、楽しそうな雰囲気……。

「ご。ごめん、勝手に……」

けれど日和は、それに気付いているのかいないのか、酷《ひど》く恐縮した表情だ。

「そのせいで、全然残らなかったよ……。使う予定あったならごめん……」

「えーいやいや、いいのいいの！」

言って、梶くんは日和に笑ってみせる。

「むしろ、ナイス判断でしょ！　このあと使う予定もなかったし、お客さんに喜んでもらえたなら！」

「いやほんと、そっちのが正解だよ！」

天童さんも、梶くんに続いて日和の肩をぽんぽん叩いている。

「わたしもさー、これ試作の段階で少なくね？　って思ってたんだよね！　特に紅ショウガ！

わたし、山盛り食べたい派だから、増えるのはうれしいって！」

「……そ、そう？」

恐る恐る、周囲を見回す日和。

そして彼女は、ようやく皆が怒っていないのを理解した様子で、

「……なら、よかったあ……」

ほっと息を吐き、ようやくその表情を緩めた。

「わたし、勝手にやっちゃってたから……誰にも相談せずそうしちゃったから、怒られるかって不安で……」

「いやいや、そんなことで怒らんでしょ……」

「肉とか盗んだりしたら、さすがにあれだけどね」

「に、肉……!?　さすがにそれは、取ったりはしないよ！」

周囲の言に、必死でそう言う日和。

けれど、もちろんみんな冗談で言っているんだ。

彼女の周りで笑いが上がって——少し遅れて、釣られたように日和も笑う。

——そんな彼女を見ながら。

そんな風に、周囲と一緒に笑う彼女を見ながら——。

俺は……自分の気持ちが、酷《ひど》く掻《か》き回《まわ》されるのを感じていた。

まるで、前のままじゃないか。

別れて四ヶ月経《た》つ前。離ればなれになる前。

いや……さらにそれよりも前。付き合う以前、まだ彼女を同じクラスの、大人しくてかわいい女の子だと思っていた頃。

目の前にいる日和は——当時と同じ表情をしていた。

笑う顔も声も、あの頃のまま。

それに——おまけをしていたこと。

誰にも言わずにこっそりと、焼きそばにおまけをしていたということ。

それは、まさに俺の知る日和だ。

そんなことをするのは、俺が恋した彼女、そのものだ——。

——だから。

片がついたはずの問題が、もう一度自分の中に浮き上がる。

——俺は、日和に恋をしているんだろうか。
約束を、守りたいと思っているんだろうか——。

エピローグ

「──それじゃ、皆お疲れー!」

「明日からケの日常かー……」

「まあまあ、今日のこと思い出しながら頑張ろうぜ」

手短に片付けを終え。

俺たちは正門前に集まり、お互い手を振り合っていた。

これで──本当に文化祭はおしまい。

片付けさえ完了すれば、少し前までと同じ毎日が戻ってくる。

「……ふうー」

深く息を吐き、空を見上げた。

太陽が大きく西に傾き、間もなく真っ暗になるだろう黄昏時《たそがれどき》。

空は雲一つない橙《だいだい》のグラデーションで、それを眺めながら、俺は疲れた頭でぼんやり考える。

……明日以降も、やるべきことはたくさんある。

学校では授業を受け、小学生には算数を教え、残りの時間で生活をなんとか回していく。そんな隙間《すきま》に、高校卒業後のことだって考えなきゃいけない。

進学先なんてもうどこにもないから、どこかの職場で働くことになるだろう。両親を頼って、役所で働くのが一番スムーズだろうか。今のまま教師として小学校で働くのも悪くないんだろう。

やることも考えることも盛りだくさんだ。

今思い付くだけでも数え切れないほどだし、これから暮らす中でも日々考え事は生まれるだろう。

ただ……と、そこまで考えて俺は思う。

どうしても、ぼんやりとした不安がある。

そんな未来が……本当に自分に待っているんだろうか。

今この瞬間みたいな世の中が、本当に明日も明後日《あさって》も待っているんだろうか。

「……深春《みはる》、帰ろうか」

「……あ、ああ」

考えている俺に、卜部《うらべ》が声をかけてくる。

一度、何も考えないままうなずいてしまうけれど、

「……いや、ごめん。ちょっとやってくことがあるんだった」

俺は彼女の方に向き直ると、そう詫《わ》びた。

「先帰っててよ。そんなには、遅くならないと思うから」

「……そう？」

怪訝《けげん》そうに、俺の顔を覗《のぞ》き込《こ》む卜部。

けれど、何かを察したのかあるいはそうでもないのか、

「……わかった」

あっさりそううなずくと、「じゃあ」と彼女は正門前を去っていく。

同じようなタイミングで、三々五々帰宅するクラスメイトたち。

その中から──俺は彼女を見つけ出すと。

「……日和《ひより》」

その名前を、小さく呼ぶ。

「うん」

俺に声をかけられるのがわかっていたように、彼女は自然にこちらを向いた。

「このあと、話をしても大丈夫か？」

「うん、大丈夫」

「じゃあ、行くか……」

うなずき合って、俺たちは歩き出す。

何人かのクラスメイトが、そんな俺たちに気付いてひそひそと楽しげに話し出す。

俺たちが別れたことは、すでにクラスでも周知の事実になっているようだった。

そんな元恋人同士が、文化祭のあとで二人でどこかに行こうとしているんだ。

そりゃ、噂《うわさ》にもなるだろうなと俺は苦笑気味に納得する。

俺と日和は学校前の坂を下りきると、ほとんどの店が閉店した商店街を通り抜ける。

買い食いした飲食店、よく立ち読みした本屋、小さい頃親に連れていってもらった子供服の店。

今となっては、その全てが閉まっている。静まりかえった商店街を歩いていると、なぜか自分自身が幽霊になったような気分になった。

そんな街並みを抜け、大通りを越える。

そして――まだ付き合っていた頃。

恋人同士だった頃、毎日放課後に話をした、海沿いのベンチまでやってきた。

「……懐《なつ》かしいね、ここ」

テーブルを撫《な》で、その前のベンチに腰掛けると日和は目を細める。

「毎日ここに来てた頃から……まだ半年しか経《た》ってないんだ。もう、何年も何十年も経ったみたい……」

「……ほんとだな」

彼女の隣に腰掛けて、俺はうなずく。

「あんな風に毎日過ごしてたのが……もう、夢みたいだ……」

同じ現実だとは、思えなかった。

こんな風に、一日一日を過ごすので精一杯《せいいっぱい》。世界で何が起きているのかもわからない毎日と、将来のことも、世界のことも、自分自身のことも、何も疑わずに生きていたあの頃。

考えてみれば、夢だったようにしか思えなかった。

あるいは、今この瞬間が夢だったら、まだマシだったのかもしれない。

「……それで」

そう前置きして、俺は小さく咳払《せきばら》いすると、

「……約束の件」

「うん」

緊張も、戸惑いも見せずに日和はうなずく。

「日和が普通の女の子に戻るときが来たら、そばにいるのかって話」

「うん」

──それを、伝えるときが来たと思う。

日和から、聴かせて欲しいと言われていたその答え。

今俺は、考えていることを日和に伝えなくちゃいけない。

「……ずっと悩んでたんだ」

素直に、俺は彼女に言う。

もう、嘘《うそ》をついても取《と》り繕《つくろ》っても仕方がないと思う。

本心を、本音を、隠さず彼女に伝えるしかない。

「別れてから、四ヶ月も経って……ようやくちょっと、気持ちに整理がついたと思ってた。前みたいに毎日苦しいってこともなくなって、他に考えなきゃいけないことも増えて。それこそ授業教えるようにもなったし。ああ、こうやって、過去のことになっていくのかなって」

「……うん」

「そこに、日和が来た」

——あの日のことを思い出す。

ちょうどここと同じ海沿い。

夕方の光に照らされ、倉庫の影で俺を待っていた日和——。

「……動揺したよ」

正直に、俺はそう打ちあける。

「何より先に、動揺した。俺は、このことをどう思えば良いんだ。どう感じているんだろうって……」

「……だよね」

そこで、日和が小さくほほえむ。

二人きりになってから、初めて彼女が笑った気がした。

「しかも、約束守る気があるか、なんて聴かれて……。どういうことなんだろうって。もしかして、まだ日和は俺のこと好きなのか、とか。だとしたら、その約束はどういう意味があるんだ……とか」

「好きだよ」

――はっきりと、日和はそう言い切った。

「わたしはまだ、頃橋《ころはし》くんが好きだよ。付き合うとか、そういうことはできなくなっちゃったけど、会えない間も頃橋くんのことを考えない日はなかったよ。大好き。その気持ちは、全然変わってない」

――そんな言葉に。

日和の、あまりに明《あ》け透《す》けな言葉に、

「……わかんないんだよ！」

無意識のうちに、声が大きくなった。

情けないと思うけれど、もう止まらない。

「本当に、俺のこと好きなのかとか！　日和が何を考えてるのかとか、この四ヶ月何してたのかとか、何を見てきたのかとか……。怖いんだよ！　何もわからないし、変わっちゃったように見えるし、かと思えばそうでもないところもあるし、もう……わかんねえ……」

「……ごめんね」

――以前と同じような声色で。

かつてと同じような表情で、日和はそう言う。

―確かに、たくさんのものを見た。変わったところもたくさんあると思う。怖いって思うのも、当たり前だよ。だけど……わたしの気持ちは、信じて欲しい。今も恋してるのは、わかって欲しい」

言って――日和は俺の手を握る。

冷たくて、柔らかい日和の手――。

四ヶ月前より、少しだけ肌は荒れているかもしれない。

けれど間違いなく、それは俺が恋していた彼女の手で――。

「だからね」

日和は――真《ま》っ直《す》ぐ俺の目を見ている。

「とても、単純に。わたしは、頃橋くんの気持ちを知りたいの」

その目が――迷うことなく俺に向けられている。

濁りのない透明な瞳。

きゅっと結ばれた真剣な唇。

小さくかわいらしい鼻筋とかすかに焼けた頬《ほお》。

首筋は心臓が高鳴るほど白くて、肩幅は男の俺よりずいぶんと狭くて、制服に包まれた胸は豊かに膨らんでいて――。

――うれしいと、思ってしまう。

俺は――今も。

こんな風になった今も、日和に気持ちを寄せられていることに、喜びを覚えてしまう。

「……守りたいって、思うんだよ」

こらえきれなくなって、俺はそうこぼした。

「わけわかんないけど……怖いんだけど。日和が求めてくれるなら……今も、望んでくれるなら……それを、うれしいって思うんだ。応《こた》えたいって――」

――そこまで言って。

そこまで答えて――抱きしめられた。

一瞬、何が起きているかわからない。

日和の身体《からだ》がこちらに寄って、腕を背中に回された。

手の平に強い力が込められて、抱き寄せられた。

身体《からだ》を包む暖かさと柔らかさ。頭が短い間を置いて、沸騰《ふっとう》寸前まで熱を帯びる。

鼻をくすぐる、懐《なつ》かしいシャンプーの香り。

――欲求が、身体《からだ》の中で弾《はじ》けた。

抱きしめ返したい。その身体《からだ》に触れたい。

恋なんだか、恐怖なんだか、性欲なんだか友情なんだか。

わけのわからない、欲求――。

「……うれしい」

一度身体《からだ》を離し、そう言う日和。

見れば——その目にはこぼれそうに涙が浮かび。

頰は高揚のせいか桃色に染まりつつある——。

「今も——そんな風に言ってくれて、すごくうれしい。最後に、頃橋くんにそう言ってもらえて……本当によかった」

「……最後？」

唐突《とうとつ》に出てきた、その言葉。

脈絡がわからなくて、俺は彼女に尋ね返す。

「最後って、何が？」

姿勢を正し、こちらに向き直る日和。

そして彼女は、小さく咳払いすると、

「……もうすぐね、色々起きるから。大きな変化が訪れるから」

「……大きな、変化」

「もちろん、この尾道《おのみち》にもそれは来るんだ。よかったよ、せめて文化祭が終わるまでは、持ちこたえられたみたいで。みんなきちんと、その時間を楽しむことができて」

言って、日和はベンチから立ち上がる。

「[illegible]また迎えに行くから」

そして――彼女はフェリー乗り場に向かって歩き出す。

「だから、またね。今日はありがとう、頃橋くん」

そう言って、日和は俺の元を去っていく。

残された俺は。まだ身体《からだ》に、彼女の暖かさの名残《なごり》を感じていた俺は。

ひとことも発することができなくて、ただぼんやりとその背中を見送った。

＊

――そして、その晩。

そろそろ夜も明けよう、という時間に。

すさまじい大音声《だいおんじょう》が――耳をつんざく爆発音が、尾道《おのみち》に響き渡った。

それが全ての。

俺と日和の物語の、終わりの始まり――。

あとがき

四巻です。手に取ってくれてありがとうございます。

いやあ、ずいぶん遠いところまで来ましたね。

物語開始時には地方の普通の高校生だった頃橋《ころはし》たちですが、あの頃から彼らも世界も様変わりしてしまいました。

作中では、半年くらいしか経《た》っていないんですけどね。

思い返してみると、一巻を書いてたときのことをなんだか懐《なつ》かしく感じます。最初から予定していた展開でもあるんですけど、実際に書いてみると感慨深いものだ……。

そうそう。ちょっと不思議な話なんですけど、僕個人としてはこの四巻くらいの感じが、自分の高校生活の空気感に近かったように思うんです。

いつ世界が終わるかわからないというか。なんか景色が寂《さび》しげに見えるというか。

別に災害に遭《あ》ったわけでも病気になったわけでも、戦争に巻き込まれたわけでもないんですけどね。むしろ、これを書いている今現在の方が、よっぽど作中の雰囲気に近い。

なのに、なぜか当時の僕はそう感じていたんです。そのときの感覚は鮮明に覚えています。

実はそのことが、この『日和《ひより》ちゃんのお願いは絶対』を、あるいは『セカイ系』を書きたい思った理由の一つでした。

一部の若者にとって、この小説の中の景色こそが、実はリアルなんじゃないか。そしてその中で描かれる恋愛こそが、読者にとっての恋と同じようなものなるんじゃないか。

そんな風に思っていますし、僕自身改めて、四巻を書いていて思いました。ああ、高校の頃は、こんな感じだったなって。

だからこれを読んでる皆さんの中にも、ちょっとでもうなずいてくれる方がいたら幸いです。あなたはきっと、高校時代の僕と気が合うのではないかと思う。

もっと言えば、こんな風に世の中が混乱している中で。頃橋達のあり方が少しでも皆さんに寄り添うことが出来ていれば、それ以上にうれしいことはありません。本当に、一巻を書いているときにはこういうことが起こるなんて思いもしていなかったなあ。

皆さんや皆さんの周りの人が、できるだけ望んでいる通りに生きられますように。


……さて、物語はついに佳境《かきょう》ですね。

世界は大きく動くし、日和も大変な決断をします。

頃橋と日和が、そして世界がどうなっていくのか。

是非、最後まで見届けてください。どうぞよろしくお願いします。

岬《みさき》　鷺宮《さぎのみや》

本書に対するご意見、ご感想をお寄せください。

ファンレターあて先
〒 102-8177　東京都千代田区富士見 2-13-3
電撃文庫編集部
「岬 鷺宮先生」係
「堀泉インコ先生」係

本書は書き下ろしです。

電撃文庫

日和《ひより》ちゃんのお願《ねが》いは絶対《ぜったい》4

岬《みさき》 鷺宮《さぎのみや》

2021年11月10日　初版発行

発行者　青柳昌行
発行　株式会社KADOKAWA
〒102-8177　東京都千代田区富士見2-13-3
0570-002-301（ナビダイヤル）
装丁者　荻窪裕司（META＋MANIERA）
印刷　株式会社暁印刷
製本　株式会社暁印刷

ISBN978-4-04-914042-2　C0193　Printed in Japan

電撃文庫　https://dengekibunko.jp/

電撃文庫創刊に際して

文庫は、我が国にとどまらず、世界の書籍の流れのなかで〝小さな巨人〟としての地位を築いてきた。古今東西の名著を、廉価で手に入りやすい形で提供してきたからこそ、人は文庫を自分の師として、また青春の想い出として、語りついできたのである。

その源を、文化的にはドイツのレクラム文庫に求めるにせよ、規模の上でイギリスのペンギンブックスに求めるにせよ、いま文庫は知識人の層の多様化に従って、ますますその意義を大きくしていると言ってよい。

文庫出版の意味するものは、激動の現代のみならず将来にわたって、大きくなることはあっても、小さくなることはないだろう。

「電撃文庫」は、そのように多様化した対象に応え、歴史に耐えうる作品を収録するのはもちろん、新しい世紀を迎えるにあたって、既成の枠をこえる新鮮で強烈なアイ・オープナーたりたい。

その特異さ故に、この存在は、かつて文庫がはじめて出版世界に登場したときと、同じ戸惑いを読書人に与えるかもしれない。

しかし、〈Changing Times,Changing Publishing〉時代は変わって、出版も変わる。時を重ねるなかで、精神の糧として、心の一隅を占めるものとして、次なる文化の担い手の若者たちに確かな評価を得られると信じて、ここに「電撃文庫」を出版する。

1993年6月10日
角川歴彦